将我放你心上 如印记

徐中强 著

民主与建设出版社

· 北京 ·

© 民主与建设出版社，2021

图书在版编目（CIP）数据

将我放你心上如印记 / 徐中强著. -- 北京：民主与建设出版社，2021.7

ISBN 978-7-5139-3131-1

Ⅰ. ①将… Ⅱ. ①徐… Ⅲ. ①传记文学 - 中国 - 当代 Ⅳ. ①I25

中国版本图书馆CIP数据核字(2020)第133546号

将我放你心上如印记

JIANG WO FANG NIXINSHANG RU YINJI

著　　者	徐中强	
责任编辑	王　颂　郝　平	
封面设计	創研設　BOOK Design　QQ：418808878	
内文设计	张娅君	
出版发行	民主与建设出版社有限责任公司	
电　　话	(010)59417747　59419778	
社　　址	北京市海淀区西三环中路10号望海楼E座7层	
邮　　编	100142	
印　　刷	湖南天闻新华印务有限公司	
版　　次	2021年7月第1版	
印　　次	2021年7月第1次印刷	
开　　本	880毫米×1230毫米　1/32	
印　　张	8.25	
字　　数	210千字	
书　　号	ISBN 978-7-5139-3131-1	
定　　价	45.00 元	

鸟儿出山去的时候，

我以一片花瓣放在
它嘴里，

告诉那住在谷口的
女郎，

说山里的花已开了。

为 你 写 诗

我不能有你，
且不能有我自己，
我当为你所有；
假如你愿意。

我厌弃自由了，
我厌弃我底心了，
把它们交给你，
都交给你；
假如你愿意。

我微细得来像尘土一样，
在你脚底下踹着，
到你脚跟沾有尘土的时光，
我便有福了。

——俞平伯《假如你愿意》

我能把我
交给你
便有福了
————

他和她青梅竹马。

过了天真的童年，又过了青涩的少年，到了婚嫁年龄，他为她披上嫁衣，她做了他的妻。

在人间，青梅竹马的恋人何其多，能终成眷属的有几个？细算来，他们是幸运的。更珍贵，他们牵了手就是一辈子，情深深，意浓浓，举案齐眉，白首偕老。

他是著名红学家、散文家俞平伯。

俞平伯有一篇脍炙人口的散文——《桨声灯影里的秦淮河》。一九二三年八月，俞平伯和朱自清同游秦淮河，以"桨声灯影里的秦淮河"为题，二人各作散文一篇，以风格不同、各有千秋而传世，成为现代文学史上的一段佳话。俞平伯还是中国白话诗创作的先驱者之一，最引人注目的是他对《红楼梦》的研究，与胡适一同成为"新红学"的奠基人。

和俞平伯两小无猜又缔结姻缘的那个女子，叫许宝钏。

许宝钏出身名门，幼承良好家教，能弹琴，可度曲，又善诗工画，书法亦佳。因许宝钏雅好昆曲，俞平伯也喜欢上了。两个人你唱我和，好不快活。

俞平伯的学生张中行，毫不掩饰自己对老师的羡慕，称赞诗书世家之后娶得大家闺秀为妻，最难得同声同气，填词谱曲，唱曲吹笛，神仙眷侣也。

一九一九年从北京大学毕业后，俞平伯放弃了外面的锦绣前程，回到杭州，执教于杭州第一师范学校。这是他和许宝钏婚后的第三年。

在杭州，俞平伯和许宝钏居于孤山南麓六一泉旁。那儿有一处宅院，名为俞楼。这俞楼是俞平伯的曾祖父、晚清学者俞樾的旧居，门对青山绿水，又迎蓝天白云。在此间，俞平伯和许宝钏夫妻俩观云听雨，赏月眠花，诗词唱和，曲画互娱。

居于杭州的那段日子，俞平伯写了许多诗，先后出版诗集《冬夜》《西还》。俞平伯创作，许宝钏代为誊抄，《冬夜》诗卷她曾亲笔誊写两遍。也是在杭州，俞平伯研究《红楼梦》，著下《红楼梦辨》，只此一书，便奠定了他"红学大师"的地位。

在二十世纪二三十年代，出国留学对知识分子来说是件时髦事，俞平伯也属意于此。

一九二〇年初，俞平伯告别妻子，和傅斯年同去英国留学，他说要和朋友"携手在无尽的路途上，向无限的光明去"。二月二十二日，俞平伯一行抵达伦敦。但三月六日，俞平伯就乘船回了国。

他想念自己的妻子。思念如野草在他的心底疯长，铺天盖地。不如归去，要什么功名利禄；不如归去，和她朝朝相随、暮暮相对，形影不离。

去往异国，又回转故土，山一程水一程，风一更雨一更。山水风雨间，他为她写诗，一路行一路写，想着回到她面前，捧给她看，诵给她听。他真是柔软多情得可爱。

晚年时候，俞平伯回忆赴英又离英的日子。他说自己乘船行至法国马赛，好友傅斯年追了上来，站在船头的甲板上，傅斯年带着哭腔劝他三思。但他执意归国，回到许宝钏身边。在异乡多停留一刻，就多一分折磨，相思之苦最磨人。他只想和妻子朝夕相守，这是大事。除此之外，世间的所有事都是小事。

如此感情，或许有人不解亦不屑。的确，有人为求功业甘愿舍离儿女情长，却也有人为那儿女情长不顾一切，什么功名，什么伟业，全不理会。两种路数，两套活法，各有各的风景，无所谓对错。人生一世，活的就是一颗心，听从内心的声音，活踏实了，活得快乐，足矣。

后来的岁月里，俞平伯又有一次别离许宝钏远赴美国。他是春天里去的，夏天来时就匆匆返回了。远方有多远，似箭的归心就有多迫切。

他就是喜欢守在妻子左右，穿她浆洗的衣衫，吃她泡的茶，饮她酿的酒，和她谈天说地。天上人间，东西南北，与她相守，才是美事。

他深爱她，她亦从不负他。

那一年，一场荒唐的批判降临到俞平伯的头上，抄家，批斗，又被下放乡间。俞平伯被下放，许宝钏原本可以不去，但她毅然申请和丈夫在一起，"一肩行李出燕郊"。那一年，俞平伯七十岁，许宝钏七十四岁。年迈，体衰，怕什么？深爱始终年轻。

在下放之地，他们住在一间不到十平方米的土房里，这原是牲口圈，墙面斑驳，尘土飞扬。可那又怎样？诗意生活，随时随地。"负戴相依晨夕新，双鱼涸辙自温存。烧柴汲水寻常事，都付秋窗共讨论。"残墙漏屋里，得了闲他们依旧品诗论文、清唱昆曲、把盏绘画，不时还对弈一阵，或推敲一回难解的桥牌。

弥漫着猪屎气和柴火味的狭小空间里，俞平伯写出了许多清新安逸的好诗句。如："茅檐极低小，一载住农家。侧影西塘水，贪看日易斜。"

所谓诗意生活，不过是揣一颗欢喜心。纵使困顿也不忘内心高贵，看山山有情，看水水有意，陌上尽是花开，眉间日月温柔。

结婚六十周年，西方称为"钻石婚"。钻石恒久远。

为庆贺这钻石姻缘，结婚纪念日那一晚，俞平伯点亮花烛，将房间布置得犹如新婚洞房，恍似回到那时青春，一个挺拔，一个娇柔，欢欢喜喜拜天地。他更用了近一年时间，字斟句酌，数易其稿，写成七言长诗《重圆花烛歌》，将夫妇"嬿婉同心六十年""苍狗白衣云影迁，悲欢离合幻尘缘，寂寥情味还娱老，几见当窗秋月圆"的经历尽收诗中。这首诗也是俞平伯晚年的代表作，被叶圣陶誉为"注入了毕生情感"。

年迈体衰，许宝钏有一回因病住院，俞平伯不能在医院寸步不离地陪护，便不停地给许宝钏写信。信中除了询问和关心，更多的是悄悄话。他们说了一辈子悄悄话，依然说不完道不尽。那些信，俞平伯嘱咐许宝钏："只可给你看看，原信笺请为保存。"

这才是世间最好的爱情模样，一世只动一次心，一生只爱一个人。任凭红尘白云苍狗离合悲欢，仿佛欣然初见，一直一直热恋。

"人得多情人不老，多情到老情更好。"这是张允和献给俞平伯伉俪的贺寿诗。真是知情知意人写来的知情知意诗！

遗憾只在，一生再好再长，终有尽头。像一盏油灯，油尽了，芯也尽了，灯要灭了。又如守着一个火堆取暖，火萎了，人也要走了。许宝钏先俞平伯一步离开人间。

那是俞平伯一生中最黑暗、最无助的一天，他自述"惊慌失措，欲哭无泪，形同木立"。多像一个孩子，在长长的路上，突然失去了最亲爱的伙伴。他找不到回家的路，天地间刮起了冷风，寒彻骨。

许宝钏去后，俞平伯变得寡言少语，也不再唱昆曲。喜欢昆曲，是因为她喜欢，她唱得好听。现在她不在了，原来姹紫嫣红开遍处，而今尽是断井颓垣，落叶一层层，层层惊残梦。他甚至都不肯再对谁提及昆曲。

他不肯一个人住。他将她的骨灰盒安放在卧室内，晨昏相对，朝夕相伴。就好像她还在，像过去的那许多年，同他形影不离。只是茶变了味道，酒也变了味道，天地间的风、春天开的花、夏日骄阳和冬天皑皑白雪都变了，因为她真的不在了，寻不着了。

一个人过一天，像过许多年。年年漫长，年年难过。

他为她写悼亡诗——"待我余年尽，与君同寂灭""逝者固不复，而亦不可分""反顾欲语谁，方知人已去"……凄凉孤苦，令人不忍卒读。

有诗云："浮世万千，吾爱有三，日月与卿。日为朝，月为暮，卿为朝朝暮暮。"

他失去了自己的朝朝暮暮。

又诗云："世之万物，吾爱有三：一为日，二为月，三为汝。日出昼也，月升夜也，爱汝恒也。"

他唯一不曾失去的，是对她恒久绵长的爱。

一九九〇年，又至金秋时节。七十三年前的那个金秋，俞平伯娶许宝钏为妻。如今金秋，山山黄叶飞，他沉默地与世界告别。

在去世前，他已亲笔拟好与她合葬的碑文——"德清俞平伯杭州许宝钏合葬之墓"。

告别人间，他不惊不惧。当他闭上眼，他知道自己将与她重逢。她在天上，他去天上；她在水中或灰烬中，他就去水中或灰烬中。没有她的人间，他不留恋。偌大的人间，无一处可盛得了他对她的相思。生如暂寄，死如归去。不如归去，如那一年他远涉重洋去往异国，又匆匆远涉重洋回到她身边。

对这个世界，他没什么好说的了。只要子孙依着他的遗愿，将他和她合葬，就都好了。

天上飘着些微云，
地上吹着些微风。
啊！
微风吹动了我头发，
教我如何不想她？

月光恋爱着海洋，
海洋恋爱着月光。
啊！
这般蜜也似的银夜，
教我如何不想她？

水面落花慢慢流，
水底鱼儿慢慢游。
啊！
燕子你说些什么话？
教我如何不想她？

枯树在冷风里摇，

野火在暮色中烧。
啊！
西天还有些儿残霞，
教我如何不想她？

——刘半农《教我如何不想她》

教我如何

不想她

——

D

　　这位先生对于女性来说，很有贡献。倘若没有他，或许就没有今天人们所熟知的"她"。

　　这么说吧，在五四新文化运动之前，汉字中涉及第三人称代词多用"伊"或"他"，更多的是"他"，那时候"他"字并无男女性别区分，可兼称男性、女性以及一切事物。鲁迅等作家常使用"伊"字来代指第三人称女性。

　　一九一八年八月出版的《新青年》杂志上，作家周作人撰文谈及一事：中国汉字里第三人称代名词没有性的分别，很是不方便，于是，他的朋友刘半农就倡议"她"字和"他"字并用，以分别代表女性第三人称单数和男性第三人称单数。

周作人此文一出，引发人们热议。有人说，推出"她"字毫无必要。有人说，应当支持刘半农对"她"字使用的倡议。鲁迅先生便是支持者之一，他认为刘半农对"她"字的创造性使用，是打了个勇敢又漂亮的大仗。

"她"字古时便有，不过在古代"她"字不读tā，读jiě，音义同"姐"。那时候，"她"是个生僻字，人们较少使用。刘半农注意到这个字，觉得"她"和"他"很相似，又有了个"女"字，性别特征明显，不如更改"她"字的读音随"他"，一个代指女性，一个代指男性。

一九二〇年八月，刘半农发表《她字的研究》一文，探讨使用"她"字的必要性和实用性。同时刘半农还生出另一种想法："我现在还觉得第三位代词，除'她'之外，应当再取一个'它'字，以代无生物。"

就这样，"她"出现了，"它"也出现了。这可谓是语言学家刘半农对汉字的一个大贡献。

一九二〇年九月，在英国伦敦大学留学的刘半农创作了诗歌《教我如何不想她》，这是"她"字首次以女性第三人称代词入诗。著名语言学家、音乐家赵元任很喜欢这首诗，为此谱曲，一时间传唱大江南北。随着《教我如何不想她》在万千读者和歌者中不断传播，"她"字的使用也快速地推广开来。

有人说，《教我如何不想她》是刘半农写给其夫人朱惠的情诗。也有人说，当时远在异国他乡的刘半农，他把对故乡、祖国的眷恋之情和对妻子的爱恋之情融为一体，婉然成诗。

刘半农在伦敦留学时，妻子朱惠陪在他身边。

刘半农和朱惠属父母包办婚姻。但在结婚前，刘半农差点就娶了朱惠的妹妹。

这一切还要从刘半农的母亲和朱惠的母亲说起。

刘母和朱母都信佛。离刘家不远处有一座庵堂，刘母常去那儿进香拜佛。真巧，朱母也常去那里。一来二去，两人相识，又建立了友谊。

有一天，刘母带了儿子刘半农去庵堂。无巧不成书，朱母恰好也带了女儿朱惠去庵堂。这是刘半农和朱惠人生初见，彼此印象甚佳。

在先前，无论男孩或女孩，一旦到了十多岁，父母就开始操心起其婚事来。即使在今日的乡村里，此俗也并无太多变化，男孩子长到十多岁，他们的婚事便被父母列为心头大事了。

刘母和朱母也不例外。朱母向刘母提亲，寻思着将女儿朱惠许配给刘家儿子刘半农。刘母赞同这个提议，她对朱母知根知底，认可朱母的为人，也见过朱家女儿，觉得这门婚事若成那真是再好不过。

但刘半农的父亲不同意，给出的理由是朱家和刘家门户不相当。刘父曾中过秀才，又与人共同创办了江阴最早的小学翰墨林小学，刘家家境及声望均要高于朱家。况且刘半农少小之时便才气名扬乡里，刘父对他抱有厚望，其婚事选择刘父自然颇为挑剔。

刘父不同意和朱家联姻，另有一个关键缘由：朱惠比刘半农年长三岁。

俗谚云，女大三，抱金砖。意思是说，婚姻里，若妻子长丈夫三岁，旺夫，如同男人抱着金砖。但俗谚又说了：男大不显，女大扎眼。这是说，女人比男人老得快，或者说到了一定年岁后，女人比男人更显老。男大女几岁往往不太容易看得出，若女大男几岁就十分显眼了。譬如白纸上的墨点，一目了然。

刘父不认可这门婚事，但朱母铁了心要和刘家结亲。刘家嫌弃大女儿年岁略长，她又提出将二女儿许配给刘半农，这二人年龄相当。于是刘父不再拒绝，双方订立婚约。

不承想，婚约订立不久，朱家二女儿因病逝去了。

真是一件悲凉的事。

雨水再大，黑夜再长，生活总要继续。

朱母再次向刘家提出，请许可朱家大女儿朱惠嫁与刘半农。这一次，刘父毫不犹豫地答应下来。

哪个男子和哪个姑娘结为夫妻，或许老天早有安排。无论其间路多么漫长，波折再多，都不能阻碍。几番兜兜转转后，他们终会走到一起。

旧时年月，一对男女即使订了婚也是不能常常来往相见的，否则要承受许多风言风语。刘半农根本不在乎那些腐朽的规矩，他常常独自去朱家走动，并认为这是天经地义的事。有一天去朱家，他不经意间发现了朱惠的裹脚，并且看到朱惠走路一瘸一拐。他十分诧异，归家后，问母亲为什么女子要裹脚？刘母答："女孩不缠足如何嫁得出去？"

刘半农很是不以为意，他和朱惠已有婚约，朱惠已是刘家人，哪还用担心嫁不出去？他要母亲给朱家传话，未婚妻朱惠不要缠足。

若非受封建习俗束缚，哪个女子情愿承受缠足的苦痛？得知未婚夫不要她裹脚，朱惠甚是欢喜，并且心怀感激。

一九一〇年六月，时年十九岁的刘半农娶二十二岁的朱惠为妻。婚后，二人琴瑟和鸣，恩爱幸福。一如刘半农诗中所云：月光恋爱着海洋，海洋恋爱着月光。真是蜜也似的生活呀。

刘半农有首诗名为《我们俩》，诗中写道："好凄冷的风雨啊，我们俩紧紧地肩并着肩，手携着手，向着前面的'不可知'，不住地冲走，可怜我们全身都已湿透了，而且冰也似的冷了，不冷的只是相并的肩，相携的手。"

此诗写于一九二一年，当时刘半农偕妻携女由伦敦迁居法国，转入巴黎大学继续攻读。离开伦敦，只因伦敦生活费昂贵，仅靠刘半农的留学公费支撑生活实在困难。穷则思变，听朋友说巴黎的生活费用要比伦敦便宜，于是他们便去了巴黎。

当时中国的许多留学生都有此等遭遇。比如徐悲鸿，他带着妻子蒋碧微在巴黎留学，也靠留学公费生活。因国内时事动荡，本就菲薄的费用竟也常有中断，迫于生活的压力，徐悲鸿曾一度由巴黎转至当时生活消费更低的德国柏林。

刘半农到了巴黎，生活依旧不易。在给友人的信中，他这样写道："我近来的情形，真是不得了！天天闹的是断炊！留学费也欠了数月不发……我身间有几个钱，便买只面包吃吃，没了便算。"

还好，生活再苦再难都有妻子朱惠同他"紧紧地肩并着肩，手携着手"。正所谓"有情饮水饱，知足菜根香"。

尘世间最神奇的便是爱了。

夫妻恩爱，就像一滴水融入另一滴水，像一束光簇拥另一束光，没有一个黑夜不可照亮，没有一个冬天不可逾越。

有爱，再无力者都将有力，再苦涩的岁月都甜如蜜。

在刘半农另一首名为《一个小农家的暮》的诗中，他描绘了这样一个场景：夕阳西下，妇人在灶间煮饭，新砍的山柴在灶膛里毕毕剥剥地响。男人从田里回来，去屋角挂了锄头，坐在稻床上逗狗。他还蹲到牛栏里去，看一看他的牛，又回头问妇人："怎么样了，我们新酿的酒？"这时，门对面青山的顶上，松树的尖头已露出了半轮月亮。孩子们在门口，望月，数天上的星，一颗、两颗、三颗……数着数着，眼花了。重新再数，一颗、两颗、三颗……

多温馨的生活。

当年刘半农若不离开故乡江阴，他和朱惠应过这般恬静生活。

在田园时，总想着走出田园，去那繁华都市。识尽繁华后，忽然发觉，离开了田园的我们并没那么快乐。常常想，不如归去，归田园居，双脚扎入泥土，耕耘，播种，听那些绿色的生命抽芽的声音，再看它们开花，结果。在田园里，在植物间，宁静，淡然，简单生活。

人人心中都有一个田园梦吧。

可惜，自离开故乡后，刘半农很少有时间再回故乡。一九三四年七月十四日，他病逝于北平，时年四十三岁。

名妓赛金花一袭黑衣前往刘家，追悼刘半农。那时，赛金花已是花甲之年，朱颜辞镜，如落花辞树。

刘半农和赛金花并无爱恨纠缠。他们之间唯一的联系是，刘半农带着自己的得意门生商鸿逵曾采访过赛金花。关于赛金花，称她为"民族英雄"者有之，也有人骂她是出卖肉体和灵魂的妓女。刘半农通过多次采访，努力拂去缭绕在赛金花身上的迷雾，试图还原她最本真的面貌，成书《赛金花本事》。

刘半农说：中国有两个"宝贝"，慈禧与赛金花。一个在朝，一个在野；一个卖国，一个卖身；一个可恨，一个可怜。

大名鼎鼎的刘半农亲自采访饱受争议的赛金花，非但时人惊奇，赛金花本人亦深感意外。刘半农的采访，为赛金花又添一些传奇，也添了许多骄傲的本钱。

投桃报李，迟暮美人赛金花很意外又毫不意外地出现在刘半农灵前。

刘半农逝后，朱惠独自艰辛抚养他们的一子二女。又十三年后，朱惠也辞别人间。依照她生前遗愿，人们将她葬在刘半农旁边，如生前彼此依偎。

一个人不用再想另一人。

一个人不会再失去另一人。

等你，在雨中，在造虹的雨中
蝉声沉落，蛙声升起
一池的红莲如红焰，在雨中
你来不来都一样，竟感觉
每朵莲都像你
尤其隔着黄昏，隔着这样的细雨
永恒，刹那，刹那，永恒
等你，在时间之外，在时间之内
等你，在刹那，在永恒
如果你的手在我的手里，此刻
如果你的清芬
在我的鼻孔，我会说，小情人
诺，这只手应该采莲，在吴宫
这只手应该摇一柄桂桨，在木兰舟中
一颗星悬在科学馆的飞檐
耳坠子一般的悬着
瑞士表说都七点了
忽然你走来
步雨后的红莲，翩翩，你走来

像一首小令

从一则爱情的典故里

你走来

从姜白石的词里，有韵地

你走来

——余光中《等你，在雨中》

每朵莲

都像你

——

D

等，这个字拆开来看：竹、土、寸。

土下寸寸生长，土上丛丛青竹。

竹鞭藏土中，珍重待春风。春风来，春雨来，又有大片大片的暖阳。竹鞭生长，拱出地面，长出笋来，笋又成竹。竹要开花，往往需历经数十载的风霜雨雪，更甚者竟要百年才绽放花朵一次。

竹生竹长竹开花，要看花的人只能等。

等待，说来也是煎熬，说来也是寂寞。

想起一个故事：一个青年男子和女友约会，女友姗姗来迟。男子讨厌漫长的等待，百般无趣，长吁短叹。忽然，来了一个天使，送了男子一个宝贝按钮，只要按下按钮，他就可以跳过所有等待的时间，直达结果。男子按下按钮，果然如愿，女友顿时出现。再按，他们结婚了。接着按，他们的孩子出生了。男子就那么不停地按下去，一时间，妻子、孩子、房子、事业，他想要的统统都来了。然而每按一次，每达成一个心愿，他就会老好几岁。所有想要的全都到来后，再看看自己，已是风烛残年。一切都来得太快，如囫囵吞枣，食不知味，难免意兴索然。

这时他终于明白：生活其实就是一场等待，是一场接一场的等待，想要享受妙不可言的生活，就要承受那漫长的等待。

余光中就是一个很能享受等待的人。

那天的那场约会，天上下起了雨。在雨中等她，她迟迟不来。天快黑了，蝉藏在叶底，高一声低一声、长一声短一声地起起落落，蛙声也起来了，池塘活了。更美的是，雨中一池红莲，红得如同雨中熊熊燃烧的火焰。听蝉鸣、听蛙鸣、听雨轻叩莲的门，他忽然笑了。如此妙不可言的一个黄昏，她还没来。在如此妙不可言的黄昏等她，她来与不来其实都一样。

他等她，在时间之内，亦在时间之外；在刹那之间，亦在永恒。她来与不来，天上地下、四面八方、刹那永恒都有她。看，雨中一池的红莲，哪一朵不像她？朵朵红莲是她，飞入掌心的雨珠是她，拂过红莲又拂过他脸颊的那一缕缕清风也是她。深爱一个人，就是这样：心上人在身边，她就是一切；她不在身边，一切都是她。无论她在不在他身边，他们都是在一起的。

等是一种过程，待是一种态度。拥有诗意的心态，等待亦能成诗。诗人不常有，诗心不可无。拥有诗意的心态，才能过诗意的生活。

《等你，在雨中》的最后，在看过一场雨，在看过雨中红莲如火，在落了蝉声起了蛙声，在享受过一整个妙不可言的黄昏后，他要等的情人来了。似一朵红莲，似姜白石词中婉约叮咚的韵律，翩翩而来。

等待，美好如约而至。

《等你，在雨中》是余光中写给范我存的吧。

据说，在余光中的老家院子里有棵枫树，树干上刻有三个英文字母：YLM。Y代表余，L是love（爱），M代表咪咪，连起来就是"余光中爱咪咪"。咪咪是范我存的乳名。

余光中为咪咪写下了许多诗，如：咪咪的眼睛是一对小鸟，轻捷地拍着细长的睫毛，一会儿飞远，一会儿飞近，纤纤的翅膀扇个不停。但它们最爱飞来我脸上，默默地盘旋着下降，在我的脸上久久地栖息，不时扑一扑纤纤的柔羽。

多么美妙又深情的诗句。

但是一开始，余光中和范我存的爱情并不被看好。余光中是余家独子，可范我存"苍白而瘦弱，抵抗着令人早熟的肺病"，余家担心范我存会拖累余光中。

范家也不同意范我存嫁给余光中，因为余光中是个诗人。在人们的印象中，诗人多穷困潦倒，范家忧虑余光中不能为范我存带来幸福。更何况人们常说，诗人住在历史里是神圣或浪漫的，倘若住在你家隔壁，你便会觉得诗人是疯子。

但是，两个相爱的人如果彼此不阻拦爱情的生长，谁能有力气杀死他们的爱情呢？

大多数死掉的爱情其实并非败给了世俗，而是恋人自己向世俗投降了。譬如大雪压青松，若松树足够强健，有与世界抗衡的能力，即使积雪重重又能如何？大雪压青松，青松挺且直。

然而，纵使结结实实的爱情能够排除万难，相爱的人如愿以偿地一起生活，但成了眷属后又将面对崭新的万难，万难之后又有万难。他们在所有人都不看好的时候坚强地在一起，却也可能在所有人都为他们祝福时散了鸳鸯。他们的爱败给了时间，败给了琐碎生活，更败给了他们自己。

余光中和他的远房表妹范我存为了结成夫妻，也算得上是排除万难了。

对于很多人来说，恋爱是一种感觉，婚姻是另一种感觉。从恋爱到婚姻，如从云端坠入尘埃。和余光中结婚后，范我存也有觉得不如意的时候。

"他忙起来，可以连着几天关在书房，对你不理不睬，好像天塌下来都要由我自己去挡。"范我存说，"刚开始我也不能适应，后来觉得他的创作的确很重要，我们以他为荣，也就谅解他了。"

爱是宽容、是理解，是付出、是坚持，如逆境中一双温暖的手，手若能一直紧紧地相握，爱便能永恒。若有一人心生自私，爱就变成了碎镜，一片一片都闪着刺眼的光，一片一片都刺割着曾经相爱的人。爱有多深，伤就有多深。

"她了解我，我也了解她。她对文学很敏感，有品位，这是最吸引我的特质。"谈起妻子范我存，余光中说，"她帮我挡出一片天地，让我在后方从容写作，我真的很感谢她。"

余光中还说："家是讲情的地方，不是讲理的地方，夫妻相处是靠妥协。婚姻是一种妥协的艺术，是一对一的民主，一加一的自由。"这是他的婚姻之道。

结婚三十周年时，余光中买了一条珍珠项链送给范我存，并写了一首诗送给妻子："滚散在回忆的每一个角落，半辈子多珍贵的日子，以为再也拾不拢来的了，却被那珠宝店的女孩子，用一只蓝磁的盘子，带笑地托来我面前，问道，十八寸的这一条，合不合意？就这么，三十年的岁月成串了，一年还不到一寸，好贵的时光啊，每一粒都含着银灰的晶莹，温润而圆满，就像有幸跟你同享的每一个日子……"

范我存的朋友们无不羡慕。她们说，做余光中的夫人，既得珍珠项链，又得绝妙情诗，真是两全其美呀，好幸福！

还有一次是在南京大学做讲座，此时的余光中已白发苍苍，但他要和学子们谈谈爱情。

余光中说："爱情不是年轻人的专利，一位老诗人也可以谈一谈吧。"他是诗人，谈爱情，自然少不了要谈谈情诗。他说自己比杜甫浪漫多了。

"杜甫一辈子只写了一两首诗给太太，真是扫兴啊！"他说，"我就不一样了，我写给太太的就多多了。我比杜甫浪漫多了吧！"

彼时，台下有许多听众，范我存也在其中。

余光中一生写诗近千首，其中情诗有一百多首。每一首都是为范我存而写？不尽然吧。有些诗，有些爱和浪漫，谁都看得出来和范我存全然无关。那是为谁而写的呢？

的确有人问过余光中这个问题。

余光中眼中含笑，语带玄机："人难免会动情，如果控制得宜，也是一种智慧。"

他还说："人如果太绝情，老是理性地挥剑斩情丝，也未免太乏味了，像是不良的导体。但若是太自作多情，每次发生爱情就闹得天翻地覆，酿成悲剧，又太天真了。爱和美不一样，爱发生于实际生活，美却要靠恰好的距离。水中倒影总比岸上的实景令人着迷。"

他说他很庆幸妻子范我存从未在他的诗句中去搜索微言大义，这点自由的空间于他来说十分重要。

"如果妻子对艺术家丈夫把一本账算得太清楚，对艺术绝对是一种障碍，就会什么都写不出来啦！不过从另一个角度看，这也是她自信的表现。"

自信的女人最美。女人一旦有了自信，目光将不再只聚集在男人身上。天下有那么多有意义的事要去做，男人不过是其一，谁会为了一棵树而丢掉整个森林呢？女人最要紧的是自己活得漂亮、活得优雅。男人要做什么，由他自己做主。至于后来长路，不过是以真心换真心，以深情换厚意：你爱我，我珍惜你；你不珍惜我，也就不值得拥有我的爱。

自信的女人，始终都有能力双脚坚实地立在大地之上，从容自在地生活。就像一只站在树上的鸟儿，从来不会害怕树枝断裂。因为它相信的不是树枝，而是自己的翅膀。

男人对自信的女人往往有着更浓烈的迷恋和爱。

余光中感谢妻子范我存，他深爱着这个自信的女人。只有在她身边，他的内心才得以安适，像一滴水在另一滴水中，像一片树叶居于树林。

闲暇的日子，他们会一起去旅行。一辆车，一张地图，两个人。范我存不会开车，但她天生方向感绝佳，那么她负责看地图，余光中负责掌握汽车的方向盘。南北东西，一路好风光。

朋友们都说："不要问他们去过哪里，而要问他们还有哪里没去过。"

初见你时你给我你的心，
里面是一个春天的早晨。
再见你时你给我你的话，
说不出的是炽烈的火夏。
三次见你你给我你的手，
里面藏着个叶落的深秋。
最后见你是我做的短梦，
梦里有你还有一群冬风。

——邵洵美《季候》

———

◗

眉清目秀，长发高额，他还有着高耸挺拔的希腊式鼻子。爱穿长衫，爱跳舞，据说出门时他还爱薄施胭脂。

他是散文家、翻译家、出版家。他的外祖父是盛宣怀，著名的洋务运动中坚人物，中国近代的第一代大实业家，富甲一方。按谱系，李鸿章是他的叔外祖父。时人称他"小孟尝"，因他为人慷慨、仗义疏财。

他有个漂亮的名字：邵洵美。

"洵美"出自《诗经》"洵美且都"一句。"洵美"意为"实在美"，"且都"意为"而且漂亮"。

邵洵美怎么说自己？"你以为我是什么人？是个浪子，是个财迷，是个书生，是个想做官的，或是不怕死的英雄？

你错了，你全错了，我是个天生的诗人。"

没错，邵洵美爱写诗，并写得一手好诗。和他同时期的知名诗人陈梦家说："洵美的诗是柔美的迷人的春三月的天气，艳丽如一个应该赞美的艳丽的女人。"

名字漂亮、诗又写得柔美的邵洵美，他有个美国情人，这情人名字也漂亮：项美丽。

项美丽原名艾米丽·哈恩，《纽约客》杂志特约撰稿人。《纽约客》是美国老牌杂志，创刊于一九二五年，不少写作者以能在《纽约客》发表作品为荣。据说项美丽在二十三岁时便为《纽约客》撰稿，直至终老。不过更多中国人知道项美丽，是因为她写了一本很有名的传记——《宋氏三姐妹》。

这个女人相貌如何？邵洵美的妻子盛佩玉在回忆录中说："她身材高高的，短黑色的头发，面孔五官都好，但不是蓝眼睛。静静的，不大声说话。她不胖不瘦，在曲线美上差一些，就是臀部庞大。"

一九三五年，三十岁的项美丽以《纽约客》中国海岸通讯记者的身份前往上海。她本来只想短暂逗留，谁料竟遇见了邵洵美。

遇见，真是一个有趣的词。项美丽远赴上海，是为工作。不，工作或许只是为了一场盛大的相遇做铺垫。

人只有在后来回头望，才会发现：迢迢山，迢迢水，一路风尘，兜兜转转，不为别的，只为和那个人相遇。哪怕相遇相知又别离，能遇见就已经很好了。

项美丽到了上海，因工作需要，交友甚广。她身边有银行家、政客、外交家以及他们的夫人，更有不少和她一样来自异国的记者或作家。其中有一位弗里茨夫人，爱好文艺，又热爱举办沙龙。很巧，弗里茨夫人和邵洵美是朋友。有一天弗里茨夫人举行晚宴宴请宾朋，邵洵美来了，项美丽也来了，觥筹交错间，四目相视，把酒言欢。不得了，如一棵树摇动另一棵树，一朵云触碰另一朵云，一个灵魂唤醒另一个灵魂。各自东西来赴宴，但筵席散后，谁都没法子再各自西东恍若从未相逢。有的人，见着一次就还想再见第二次，更多次，甚至朝朝暮暮都还嫌不够。

邵洵美初见项美丽时，项美丽还不叫项美丽，她叫艾米丽·哈恩。项美丽是邵洵美为她取的中文名。

项美丽赞叹邵洵美长得不错，又具有文学天才，还能用英文写诗。更重要的是，通过邵洵美，项美丽认识了许多英语流利的中国作家，如林语堂、钱锺书等人，了解他们也就能明白中国。

邵洵美从项美丽那儿获得了什么？

这个问题大抵不讨喜。感情需要交换价值吗？需要。再浪漫的爱情也需要交换价值，比如交换关心，交换爱意，交换喜悦。一对男女在一起，如果彼此能相互成就，其感情也一定会更稳固和长远。世间感情从来不单纯，爱一个人，往往爱的并非仅仅是那个人，还有那个人的影子。影子里藏着诸多世俗的价值掂量，譬如那个人的身份以及其身份的各种附加值。

邵洵美喜欢项美丽，因为项美丽的确有几分姿色，也有才华。何况她是美国女人，找个异国情人也算得是件引人注目的事。但邵洵美喜欢项美丽又绝不仅在于此，项美丽和邵洵美是有共同语言的——文学和出版。

这二人合作编辑出版了一些刊物，比如中英文双语画报《声色》。办《声色》旨在促进中西方文化交流，邵洵美希望能让洋人了解真正的中国，而不是浮光掠影地翻翻中国。

项美丽的存在，邵洵美的妻子盛佩玉知道。

项美丽常常出入邵家，邵家上下称其为"蜜姬"。这个名字也是邵洵美取的。项美丽的英文昵称为Mick，邵洵美便译为"蜜姬"。

盛佩玉虽是中国传统女子，甚重礼教，但她不吃项美丽的醋。在回忆录中，盛佩玉这样写道："她（项美丽）是位作家，和洵美谈英文翻译。如来我家吃饭，便从吃饭、筷子到每个小菜都翻译了，她倒是精心地听着、学着。她和我同年的，我羡慕她能写文章，独立生活，来到中国，了解中国，然后回去向西方介绍中国的文化。我对她的印象很好，她对我也一见如故。"

不和项美丽争风吃醋，或许是因盛佩玉也有听说，项美丽不曾将全部心思都放在邵洵美身上。项美丽的情感是奔放且清醒的，她明知邵洵美绝不会离开盛佩玉，所以她也试着和邵洵美之外的男人碰撞良缘。比如这厢和邵洵美眉来眼去，那厢她曾和一个叫杰恩的波兰外交官谈婚论嫁，还曾和一个叫罗伯特的英国海军军官卿卿我我。

忽然一场劫难，彻底成就了邵洵美和项美丽的佳话。

那是一九三七年，"八一三"事变爆发，能跑路的纷纷逃出上海，更有能耐的并不离开上海，而是逃进了上海的法租界。邵洵美带着一家老小，从其在杨树浦的寓所逃往法租界。

此时，项美丽去了南京，因为海军军官罗伯特所隶属的英国皇家海军舰队就驻扎在南京。项美丽去和罗伯特会面，可惜，罗伯特不是对的那个人，项美丽无法像和邵洵美那样亲密无间地和罗伯特相处。往深了说，项美丽感觉她的灵魂和罗伯特有些格格不入。

若非为金银，便是为灵魂，男女在一起无非这两种需求。金银，项美丽并不短缺；灵魂，哦，罗伯特没有一个使她久处不厌的灵魂。

项美丽遗憾地告别和她志趣不相投的罗伯特，重新返回上海。

这个美国女人，她的身份在当时的上海十分有用。

邵洵美出逃时只随身携带了一些细软贵重之物，大批的书画、家具都落在了杨树浦寓所。尤其是他印刷厂的机器设备，是他花了五万美元从法国商人手中购买的当时最新式的影写版印刷机。邵洵美舍不得它们。

项美丽得知后，找到她在英国巡捕行的友人，谎称那些东西是她的。然后她在英国巡捕的陪同下，亲自带着十多名俄罗斯工人，一车车地搬出，再一车车地驶过有日本兵把守的外白渡桥，最后送至邵洵美的逃难之所。

邵家人甭提有多欢喜了。先前喜欢项美丽的更喜欢她了，哪怕先前本不喜欢项美丽的，经此一场波折，也感觉项美丽可爱了。人是多现实的一种动物啊，能够用得着的怎么看怎么可爱。

邵洵美决定娶项美丽。

烽火乱世，荒烟蔓草，若彼此相爱又可相济，趁活着，结婚吧。天知道第二天彼此又会被命运发配到哪里呢？不如惜取眼前人，紧紧相拥。

邵洵美和项美丽结婚时，正房盛佩玉送了一对玉镯子给项美丽。

但项美丽并未因为和邵洵美有了婚姻之实，就把自己完完全全地交付给邵家。

两年后，项美丽决定离开上海，回美国。要归去呀，中国再好，到底不是她的国家，何况当时的中国动荡不安。嫁给了邵洵美？那又怎样？邵洵美又不是她一个人的。邵洵美最爱的一直是盛佩玉，譬如盛佩玉是正餐，她项美丽不过是邵洵美的点心。项美丽当然不肯就此终了一生。人，生而自由并且人人平等，她所受的教育让她不能容忍只做男人的饭后甜点。

项美丽决定回美国。

这是一场心平气和的告别。如同一对要好的朋友，几巡茶后，几巡酒后，天黑了，起身离座，微笑着挥手道别。

真是无巧不成书，途经香港，项美丽竟遇见了旧友查尔斯·鲍克瑟。

这个英国情报军官，很早以前追求过项美丽。可惜那时他有情她无意，花自飘零水自流，鲍克瑟只好另结姻缘。

这回在香港重逢，鲍克瑟已和妻子分居了。

很奇妙，这一次，项美丽爱上了对她旧情未泯的鲍克瑟。

看看这故事，多曲折又多么自然。一路行去，宛若在花园漫步，看见玫瑰心中欢喜便采一朵玫瑰。玫瑰谢了，恰又逢着百合花开，采了百合，低头轻嗅，眉开眼笑。

但是，有一万个理由可以相信，邵洵美和项美丽的确曾真实地相爱，他们心中疯长着一种叫爱情的东西。可是，爱情，可贵的爱情，说坚固也坚固，说脆弱也脆弱。更多时候爱情只有一种能耐，那就是让素不相识的二人翻山越岭、涉水行舟走到一起。在一起当然好了，但谁敢作保相爱的人一定可以一生一世生活在一起呢？

最强悍的永远是现实生活，伟大又可贵的爱情往往不是它的对手。

项美丽对现实生活看得透彻：邵洵美不会为她离开他的发妻盛佩玉，而她也断然不肯在漫长的岁月里和盛佩玉共享邵洵美。那么面对现实，各找一条路子圆润地融入生活，快乐生活。

活着，就是为了快乐，让生命的每一个瞬间都花团锦簇。而快乐，快乐如果有秘籍，或许只写着两个字：洒脱。

世间从来没有失败的爱情，只有失败的男或女。洒脱的人，拿得起也放得下，改变能够改变的，接受不能改变的，替他人着想却也为自己而活。

邵洵美足够洒脱，项美丽更是个洒脱的女子。所有值得唱颂歌的爱情都需要一对洒脱的男女，他们酿造爱情，爱情的酒饮完了，洒脱松手，洒脱掷杯，各奔天涯，留美好的念想在后来的岁月里微笑回望。

感情说穿了就是你情我愿的事儿，到了穷途末路之时，男人大可不必百口莫辩，女人实在无须楚楚可怜。最好彼此在岔路口淡然一笑，拥吻，洒脱道别。

一九四六年，为筹建电影制片厂，邵洵美前往美国购买电影器材。在纽约，邵洵美、项美丽和项美丽的丈夫查尔斯·鲍克瑟，三人欢聚，畅叙别情，开怀大笑。

据说鲍克瑟和邵洵美笑谈："邵先生，您这位太太我代为保管了几年，现在应当奉还了。"邵洵美答："我还没有安排好，还得请您继续保管下去。"二人大笑，一旁的项美丽也乐不可支。

那一次，是邵洵美和项美丽最后一次相见。

相见欢。

到我这里来，假如你还存在着，
全裸着，披散了你的发丝；
我将对你说那只有我们两人懂得的话。

我将对你说为什么蔷薇有金色的花瓣，
为什么你有温柔而馥郁的梦，
为什么锦葵会从我们的窗间探首进来。

人们不知道的一切我们都会深深了解，
除了我的手的颤动和你的心的奔跳；
不要怕我发着异样的光的眼睛，
向我来；你将在我的臂间找到舒适的卧榻。

——戴望舒《到我这里来》（节选）

ᗡ

　　最懂雨的人未必是戴望舒，但说起戴望舒，人们最容易
想起的却是他的《雨巷》。

　　一条悠长又寂寥、哀怨又彷徨的雨巷，一个撑着油纸伞
踽踽独行的丁香一样的姑娘，一份迷惘又有期待的情怀，一
种朦胧而又幽深的美感。

　　据说，《雨巷》是戴望舒写给施绛年的。

　　施绛年是作家施蛰存的妹妹，施蛰存和戴望舒是好
友。起初，戴望舒的诗并不被人看好，偏偏当时主编文学
期刊《现代》的施蛰存甚是喜欢，在《现代》强力推荐。
一九二七年初，思想激进的戴望舒由于参加革命宣传活动被
捕，后经同学父亲的营救而被释放。这年的"四·一二"事

变后，戴望舒结束了在上海的学业。不久后，他去了施蛰存的家乡江苏松江。借住在施家的那段时间里，戴望舒和施绛年渐渐熟识，他甚至爱上了施绛年。这一年，戴望舒二十二岁，施绛年十七岁。

《雨巷》写于一九二七年夏。那年夏天雨水多，寂寞惆怅的戴望舒夜坐听风，昼眠听雨。他的寂寞与惆怅既来自他对未来未知的迷茫，也来自他对爱情爱而不得的忧郁。

是的，他爱施绛年，施绛年却不爱他。

不过碍于戴望舒是哥哥施蛰存的好友，施绛年虽不接受戴望舒的爱，却也未彻底拒绝。她的不理睬或笑而不答，戴望舒只当是少女的羞涩，犹抱琵琶半遮面，要千呼万唤始出来。

"我的恋人是一个羞涩的人，她是羞涩的，有着桃色的脸，桃色的嘴唇，和一颗天青色的心。"这是戴望舒写给施绛年的一首诗。

他为她写诗，当然不止一首。一九二九年四月，戴望舒的第一本诗集《我的记忆》由上海水沫书店出版。诗集的扉页上，戴望舒明明白白地写着——献给施绛年。

然而施绛年并不为所动，她并没有因为一本诗集而对戴望舒更好一些。

她的漠然刺痛了戴望舒敏感又脆弱的心。

他太想得到她的爱，他希望"她是一个静娴的少女，她知道如何爱一个爱她的人"。如果她不是，如果她不能，那他怎么办？戴望舒清清楚楚又斩钉截铁地告诉施绛年：不能爱，毋宁死。

戴望舒扬言要自杀，要死给施绛年看。

有的人，一恋爱，就变成了诗人。因爱而诗心缱绻是可爱的。

有的人，一恋爱，就变成了疯子。为爱而偏执疯狂是可怖的。

那诗人恋爱了呢？

真正的爱情总是让人变得美好，不管激起这种爱情的是一个什么样的人。而爱一个人，最正确的方式是自己心生美好，同时用最光明的方式使自己心爱的人成为更好的人，一直在光明和美好里住着。

爱她，怎舍得她落泪或心伤？动辄以死相逼，令爱人心慌，更是幼稚又愚蠢。

戴望舒诗写得好，但面对爱情，他做得真的不够好。

施绛年被这个多情又偏执的诗人给吓傻了。诗人幼稚又愚蠢地扬言要自杀，她不知所措，几番思量后，同样幼稚又愚蠢地妥协了。她接纳了他的爱，为后来的悲伤埋下了种子。

和戴望舒订婚后，施绛年对戴望舒说：别再蜗居于松江，继续求学去吧。书读成后找一份体面赚钱的好工作，不要把日子过得捉襟见肘。贫贱夫妻百事哀，不要哀哀戚戚地活着，那不是生活应有的模样。

戴望舒倒也听话，到法国留学去了。那是一九三二年十一月。

一九三五年春天，戴望舒归国，据说是被里昂中法大学给开除了。被开除的原因中有种说法是，戴望舒在求学期间不按时上课、不按时交作业，年终也不参加考试，校方觉得这样的学生不留也罢。另一种说法是，求学期间他跑去西班牙旅游，旅游期间又参加了反法西斯的游行活动。法国警方告知里昂中法大学当局，这个学生不能留在法国。

还有第三种说法：留学异国的戴望舒突然听闻在国内的施绛年爱上了一个冰箱推销员，他慌了，要归国看个究竟。

回国一看，施绛年果然有一个销售冰箱的情郎。

戴望舒盛怒之下，当众给了施绛年一记响亮的耳光后，又登报宣告解除婚约。

施绛年本就不爱戴望舒，受了这一记耳光，就更没心思和他在一起了。当初他那么爱她，她视若无睹，但心底多少生出一些歉疚。现在好了，一记耳光过后，她的歉疚也跟着灰飞烟灭了。

或许她是感谢他的这记耳光的，这记耳光同时也打醒了她：受到挫折就闹自杀，这是恐吓；心下恼怒就甩耳光，这是暴力。如此内心脆弱又行事粗暴的男人根本不值得爱，连来往都不值得，早分手早自由。

　　那一记耳光打在施绛年的脸上，也打在戴望舒自己的心头。爱得如此失败，令这个因幼年患天花落得一脸瘢痕而敏感自卑的青年诗人更敏感也更自卑了。

　　更要命的是，经过和施绛年这场无结果的情爱，戴望舒对女人的看法变了。他认为女人都是不可信的。这种心理上的转变，从某种意义上来说，造就了他后来婚姻生活的不幸。

　　人生就是这样一环扣一环，环环都重要。

　　看着戴望舒和施绛年如此一波三折的恋爱，戴望舒的好友、施绛年的哥哥施蛰存从头到尾沉默不语。很多年后，他如此解释："一个是我的大妹妹，一个是我的亲密朋友，闹得不可开交，亦纯属他们自己私人之事，我说什么好呢？当年此事发生时，我就不管此事，一切采取中立态度，不参与也不发表意见，更不从中劝说或劝阻。"

　　施蛰存此举高明吗？未必。正因为一个是妹妹，一个是挚友，他才更应该去说点儿什么或做点儿什么吧。旁观者清，那一对人是否般配，他心底想必早就有一面明镜或一把尺子。为了妹妹的终身幸福，也为了挚友的终身幸福，他若是不作壁上观、不当老好人，或许妹妹与挚友之间，虽做不成恋人，但还是能做淡水之交的。哪像现在，彼此视若仇敌，老死不相往来。

失恋的诗人，谁能将他安慰？

不得不说，戴望舒交了几个不错的朋友。除了施蛰存，穆时英也算一个。

当年秦叔宝为拯救朋友，涂面染须去登州冒充响马，两肋插刀，义气千秋。穆时英没秦叔宝的好武力，但他有一个妹妹穆丽娟，尚未婚嫁。看戴望舒为情所伤，终日哀戚，穆时英就把自己的妹妹介绍给了戴望舒。他期望戴望舒能通过开始一场新恋情而愈合上一场爱情留下的伤口。

穆丽娟爱戴望舒吗？至少不似施绛年，千般闪万般躲。有哥哥做月下老人，又知这戴望舒写得一手好诗，虽不是凡有井水处皆能歌戴诗，但戴望舒"雨巷诗人"之名也多为人知。她爱这诗人的光环，幻想着诗人有一个有趣的灵魂。一辈子那么长，要和有趣的灵魂一起生活。所以和戴望舒相处没多久，穆丽娟就做了戴夫人。他们结婚是在一九三六年六月。

戴望舒爱穆丽娟吗？应是不爱。

不爱她，又为何娶她？倒也不难理解。失恋犹如溺水，溺于水中，为求上岸，倘若有人抛来救生圈，自会下意识地伸手抓取，毫不计较那救生圈到底是什么样的。

上岸后的事往往耐人寻味：溺水者上了岸，休养之后重新感受到生命的活力和希望。看着手上的救生圈，很感谢，但不会紧紧地抱着不放，随手丢开是很自然的事。因为回到陆地后，救生圈就用不着了。

和一个还没走出失恋阴影的人谈情说爱，是很冒险的事。除非你爱冒险，否则不要去爱那个失恋伤兵。即使他接纳了你抛来的爱，也很有可能不是因为爱你，而是太心疼自己，太想早日摆脱失恋的痛。当他摆脱痛苦，重新爬起，站立之日往往是你失恋之时。

戴望舒和穆丽娟婚后没多久，矛盾就出现了。戴望舒每日只管自己读书写作或外出工作，别的一概不理，夫妻间的谈心交流甚少。

一个女人嫁给一个男人，为着什么？为了伺候男人的饮食起居，以及为他生儿育女？怎么可能！她为的是自己的心。再普通的女人也有庞大且丰富的内心，男人要去关注并试着了解女人的内心。知道女人的内心，才能与女人更好地相处；赢得女人心的人，才会赢得快乐的生活。

显然戴望舒不懂得怎样去爱一个女人。

柴米油盐的平淡、锅碗瓢盆的琐碎也渐渐消磨了穆丽娟对诗人的幻想。她逐渐清醒，诗人住在历史里，或住在人们的传说里，诗人是可爱或神圣的。和诗人结婚后再去看诗人，不是像看一个笑话，就是像看一个疯子。诗人和疯子都不属于红尘十丈的人间。

争吵或横眉冷对是戴、穆婚姻生活里常有的事。

穆丽娟更不能忍受的是，她做了戴望舒的妻子，戴望舒的心里却住着一个叫施绛年的女人。

多年之后，穆丽娟如此回忆她和戴望舒的婚姻生活："他是他，我是我，我们谁也不管谁干什么。他什么时候出去，回来，我不管；我出去，他也不管。他对我没有什么感情，他的感情都给施绛年了。"她还说，"看戴望舒看不惯，他粗鲁，很不礼貌。"

同室而居，貌合神离；同枕共眠，各怀异梦。这样的婚姻，谁愿意要谁要，反正穆丽娟是不想要了，她要和戴望舒离婚。

此时，戴望舒才后悔了。他从未想过一个女人可以如此独立，如此有主见，他开始反省自己对妻子的种种忽视和冷情。

然而已经晚了。

穆丽娟不接受她心灰意冷后戴望舒才献上的殷勤，她觉得那是夏天的棉袄或冬天的蒲扇，都用不着了。

戴望舒故伎重施，以死相逼。他发给穆丽娟一封绝命书："从我们有理由必须结婚的那一天起，我就预见这个婚姻会给我们带来没完的烦恼。但我一直在想，或许你将来会爱我的。现在幻想毁灭了，我选择了死。离婚的要求我拒绝，因为朵朵（大女儿戴咏素）已经五岁了，我们不能让孩子苦恼，因此我选择用死来解决我们之间的问题。它和离婚一样，使你得到解放。"

　　看，戴望舒说得很坦诚，结婚时他就预见到这个婚姻会带来没完没了的烦恼，但他还是选择了结婚。原因呢？他是想用新婚来冲掉失去施绛年的悲伤。他也明知自己和穆丽娟没有深厚的感情基础，却仍幻想穆丽娟将来会爱上自己。这份爱，莫非他寄希望于日久生情？他在等待对方爱上自己的时候，是否学会了去爱对方？

　　爱的本质是给予，是相互给予。最好的爱情，是两个独立的灵魂相互在乎，互相取暖。

　　为什么人总是在拥有时不懂珍惜，失去时才知道对方的可贵？

　　戴望舒的绝命书没能留住穆丽娟离开的脚步。

　　穆丽娟不是施绛年，寻死觅活的戴望舒吓不倒她。或许她不信一个男人会为了一份没有快乐可言的感情送掉性命，倘若他真的送了命，那这个男人更值得鄙弃。

穆丽娟心意坚决，离婚。

后来，戴望舒又和一个叫杨静的女子相恋。杨静的父母极力反对他们只有十六岁的女儿和已经三十七岁的戴望舒结合。杨静十分倔强，排除万难，于一九四三年五月嫁给了戴望舒。

性格爽朗泼辣的杨静和敏感忧郁的戴望舒分明来自于两个世界，性格差异再加上年龄差异，以及其他种种不和，戴、杨的婚姻生活中充满了吵闹声。

二十二岁时，杨静爱上一个蔡姓青年。移情别恋后她不遮不掩，十分干脆地向戴望舒提出离婚。戴望舒不肯。

杨静处事从来不管他人肯不肯，但凡自己确定的事，她都会听从自己的心意勇往直前。戴望舒不肯在离婚协议书上签字，她就不要那张纸了。某天，她和蔡姓青年相偕私奔，远走高飞，那是一九四八年年末或一九四九年年初的事。

于戴望舒来说，杨静的离开不啻一种致命打击。他觉得自己活得失败极了。戴望舒的好友叶灵凤后来回忆说："望舒这时哮喘病已经很严重，又一再发生家庭纠纷，他的肉体和精神负担很重。本来乐观倔强的他也一再摇头说，'死了，这一次死定了'。"

一九五〇年二月，戴望舒哮喘病发作，不治身亡。

从施绛年到穆丽娟，再到杨静，戴望舒的感情皆以失败告终。

他一生在纸上写下了许多浪漫的诗，比如这首《到我这里来》："我将对你说那只有我们两人懂得的话……人们不知道的一切我们都会深深了解，除了我的手的颤动和你的心的奔跳；不要怕我发着异样的光的眼睛，向我来；你将在我的臂间找到舒适的卧榻。"

倘若诗里的浪漫可以流淌到诗外，他像诗里写的那样过日子，他的一生该有多好！哪还有情海迷渡？哪还有颠沛流离？

夫妻好好说话，良好畅快地交流，是婚姻幸福的基础。不善言辞的戴望舒并非没想过和爱人敞开心扉温柔地对话，你看他诗里那情意绵绵的话："我将对你说那只有我们两人懂得的话……向我；你将在我的臂间找到舒适的卧榻。"

说是说得，做却做不得。或许在他看来，男女一旦成婚，日常生活里男人大可随心所欲，有什么性子便使什么性子。而女人，只管低眉顺眼地接纳就是。或许他的生活词典里没有"相敬如宾"，只有"理当如此"。

可世间哪有那么多理所当然的事？

最好的爱情，是你到我这里来，你找得到进来的路，待着；而我找不到离去的方式，永远。

最好的婚姻从来都是以真心换真心，以浓情换厚意。你说你爱洗碗，我就说我喜欢做饭，一个唱来一个和。

戴望舒去世后，杨静得知消息，从香港赶到北京参加追悼会，做最后的告别。又二十八年后，忆及和戴望舒的前尘往事，杨静说："那时我年纪太小，对他了解不多，也没有想过要好好了解他。现在看来，可以说是一件憾事。"

他不了解喜欢的女人，喜欢他的女人亦不了解他。

人生在世，遇见爱、遇见性，都不稀罕，稀罕的是遇见了解。

和杨静婚后不久，戴望舒曾为她写过一首《赠内》。诗中有云："不如寂寂地过一世，受着你光彩的熏沐，一旦为后人说起时，但叫人说往昔某人最幸福。"

往昔某人最幸福？

他终究是寂寂地过了一世。

我的心，
是一座城，
一座最小的城。
没有杂乱的市场，
没有众多的居民，
冷冷清清，
冷冷清清。
只有一片落叶，
只有一簇花丛，
还偷偷掩藏着——
儿时的深情……

我的梦，
是一座城，
一座最小的城。
没有森严的殿堂，
没有神圣的坟陵，
安安静静，
安安静静。

只有一团薄雾，
只有一阵微风，
还悄悄依恋着——
童年的纯真……

啊，我是一座小城，
一座最小的城，
只能住一个人，
只能住一个人，
我的梦中人，
我的心上人，
我的爱人啊——
为什么不来临？
为什么不来临？

——顾城《我是一座小城》

来
亦
来，

来
亦
去

去
亦
去

顾城总是戴一顶直筒的高帽子。

有人说，那帽子是用裤腿改造而成，是从牛仔裤上剪下的。

也有人说，那帽子是谢烨为顾城缝制的，但用的不是牛仔裤裤腿，只是用了同样的布料而已。

为什么顾城总是戴着那么一顶怪怪的帽子？

有很多种说法，光顾城自己就有很多花样翻新的说法——

"这是我的'思维之帽'，可以把外界的纷扰隔绝。"

"这是一根天线，可以收听福音。"

"这是一个烟囱，从头顶上有气冒出来。"

"我戴着这样的帽子上街，引得满街的女孩都对我笑，这使我很得意。"

"我好像平生做的唯一一件完全由自己选择的事，就是做了这顶帽子，并且戴到了脑袋上。这是我的家，我老待在家里很安全。"

"为什么不戴呢？这是我做的帽子。我觉得每个人都应该做自己的帽子，就像每个人应该写自己的诗一样。"

在顾城的影集里，从小到大，从国内到国外，他戴帽子的时候似乎比不戴帽子的时候要多。在不同年龄、不同场合，他喜欢戴各种样式的帽子，直筒的、带帽沿的，花哨的、素净的，甚至是军帽。

在顾城看来，他的帽子比他的诗有名。他发牢骚："诗不被看见，帽子老被看见。我的妻子建议我去报一个专利，再去时装展览转上一趟，也许卖诗不成，可以改行卖帽子。"

诗歌重要，帽子重要，爱情更重要。

诗人比其他人更需要爱情。

"我爱是因为我渴望，也是因为我恐惧。"顾城的渴望与恐惧就像他身上的高尚和卑下，真理与谬误，善良与邪恶，天才与疯狂，只有一步之遥。

顾城一生中做的最疯狂又最惨烈的事就是他杀死了爱情，杀死了妻子谢烨。

他初次遇见谢烨，是在一九七九年七月，因为一阵风。

那时，顾城和父亲顾工在上海。

有一天，顾城刚出屋子，风就把门吹关上了。门是撞锁，他没带钥匙，想进去，却进不去了。他突然就十分生气，对风生气，对整个上海生气。他能怎么做？杀死风？杀死上海？他杀不了风，就像他杀不了上海一样，他不过是一个暴躁易怒又敏感脆弱的诗人。

干不掉风，进不了门，那就不进了。

干不掉上海，他头上的帽子——那个布做的烟囱，也无法让他的怒气从头顶上冒出来，那就离开上海。他当即去了火车站，买了一张火车票，打算回北京。

在回北京的火车上，谢烨出现了，他们的座位紧挨着。

他们谁都不知道，这一场相遇织就了后来悲喜交加的岁月。或许应该这样说，在他和她眼神第一次互相触碰的那一刻，他们谁都没料到，就在那一刻，幸福的种子种下，悲伤的种子也埋下了。

如果人生可以重置，如果那天没有那阵恼人的风锁上顾城的门，顾城没离开上海，没在火车上遇见谢烨，是否就没有后来的欢喜和悲凉呢？

未必。

他们不在火车上相遇，或许便会在某年某月开往某地的汽车上相遇，又或是在上海某个街道的转角，眼神交错，宛如久别重逢。

这世间，在看不见的地方，在冥冥之中，似乎有一双大手用漫不经心又无比坚定的力量操控着俗世男女的聚散离合，引他们喝下喜怒哀乐的酒。

在火车上，顾城看见谢烨，他选择了躲避，如回避一个空间或一棵清凉的树。他很会画画，画遍了谢烨身边的每一个人，包括那个他认为满脸晦气的化工厂青年，却独独没有画她。

不，不是他不画她，而是画不成她。她亮得耀眼，亮得他的目光无法在她的身上久留。

白昼远离，黑夜深浓，除了他和她，所有旅客都睡着了。他们开始说话，他不知该说些什么，就对着她念诗。他也和她谈电影，和她讲起遥远的小时候的事。

黑夜再长，终有尽头。天光大亮，火车靠站，顾城慌了。他害怕和谢烨分别，或许就此一别，将永不再见。她的声音，她的目光，他为她念过的诗，他们所有的对谈，仿若一场幻觉。因为太过美妙而心生依恋，因为幻觉将逝而无比惆怅。

　　在诗歌之外的疆域，面对俗世生活，顾城往往不够勇敢。但这一次，面对即将离去的谢烨，他勇敢得连自己都感到惊讶。他把自己的地址塞到谢烨的手中，等着她日后来寻自己。

　　谢烨说，他们在一起的时间很短，而命运总是漫长的。

　　电影《顾城别恋》中，谢烨寻到顾城，未交谈几句，顾城便对着谢烨大声说："我是一座城。"这是对她辩解，也似是在向世界宣告：他在这尘世中，亦在这尘世外，貌似有交会，其实互不相干。他是一座独立的城，无边无际，干干净净，他就是城里的国王。

　　若对诗句之外的顾城不甚熟悉，对顾城的妻子谢烨、情人英儿不知其二三事，看电影《顾城别恋》，你或许只有一个感想：诗人，可怕的诗人，顾城分明就是疯子。

　　梁实秋曾于某篇文章中说，一个诗人在历史里似乎是神圣的，但一个诗人住在隔壁便是个笑话。单从《顾城别恋》了解顾城，甭提住在顾城隔壁了，甚至连认识顾城都是一件疯狂到令人恐慌的事。

　　据闻，为娶得谢烨，顾城做了一个箱子，将箱子搬到谢家门前，夜夜眠宿其中，想感动对他颇有成见的谢家二老。据闻，谢家二老始终不同意谢烨嫁给顾城，他们认为顾城有精神病，也曾带顾城去精神病院看医生。

姜是老的辣。谢家二老不同意自家女儿嫁给顾城，大抵是他们已隐隐望见弥漫在顾城灵魂里的悲怆命运。只是他们也说不上来到底是哪根弦不对，更猜不透那一根不对的弦会弹出怎样呜咽的曲子。得不到父母祝福的婚恋往往是不值得继续推进的。

但是，一九八三年八月五日，顾城还是娶到了谢烨。

英儿未出现前，顾城的确是一座城，一座最小的城，只能住一个人，住他的梦中人、他的心上人和他的爱人——谢烨。

更多时候，顾城从谢烨那儿获得的爱类似于母爱。谢烨也说，和顾城在一起，就像养着一个大孩子。

"我是一个任性的孩子，我想涂去一切不幸。我想在大地上画满窗子，让所有习惯黑暗的眼睛都习惯光明……我是一个孩子，一个被幻想妈妈宠坏的孩子，我任性。"顾城在诗中写。

任性的顾城不愿意工作，或者说，他不肯为挣钱而劳动。他认为伟大的诗人都不是现存功利的获取者，艺术最主要的就是要脱离生活。尤其隐居新西兰激流岛后，顾城颇为享受在这座小岛上的简单安静的生活，养鸡、种菜、写诗。可是，人活着就离不开柴米油盐，何况顾城和谢烨还有了儿子三木。谢烨说三木不能靠吃鸡蛋成长，而她卖春卷也挣不了几个钱，日子实在是太辛苦。顾城厌烦谢烨谈钱，觉得太俗气，他不要做俗人。

顾城只想和谢烨过这样的生活：有一个门口，哪怕门很低，只要有太阳。早晨，阳光照在草地上，和爱人扶着自己的门站着。太阳是明亮的，草在结它的种子，风在摇草的叶子。他们望着这个世界，不说话，彼此轻轻地倚靠着。顾城认为这样便十分美好。

可谢烨做不到。

并非她不愿过浪漫的生活，又有哪个女人不爱浪漫呢？然而饿着肚子，纵使太阳明亮，露珠晶莹，星光璀璨，皓月似水，有诗歌，有六弦琴，有所有浪漫的因子，但这种浪漫未免太过酸楚。

谢烨说，她只是一个女人。

哪个女人不爱华服？没有华服，有爱，或许亦可继续承受，但至少不要空腹，不要断炊。而爱，谢烨越来越发现顾城给她的爱过于单薄了。她爱他，可以爱他爱得像他的母亲，纵容他任性，为他打理所有他不肯去做的生活琐事。但她到底是个女人呀，女人因为爱情可以为男人变得十分有担当，担当一年、两年，三五年，七八年，如此担当，如此负荷，终有一天她会疲累。她多么期望自己所爱的男人也是有担当的，能为她撑起一片天，让她柔软地做一个女人。

尚在恋爱时，谢烨曾写信给顾城：你跟着我当然不坏，可你知道我在跟什么呢？

顾城或许不知道吧。

如此生活，他们之间一定会有不少争吵。在顾城长长短短、深深浅浅的诗行里，一定有一些句子爬满了谢烨的眼泪。

英儿来了。

英儿和顾城相识于国内的一场诗歌研讨会。顾城、谢烨旅居国外后，英儿和顾城也常有书信往来。

至于英儿前往顾城夫妇所居住的激流岛的原因，有人说是英儿想出国，于是顾城夫妇做担保，她就离开故国了。也有人说是顾城请求谢烨准许英儿到激流岛，准许他们三个人共同生活。又有人说，谢烨为缓解和顾城的矛盾，投顾城所好，邀请英儿来激流岛。

看山是山，看水是水，一百个人有一百种说法。

在激流岛上，谢烨、顾城、英儿三个人一起生活。

倘若在古时，男人左拥妻右抱妾，男人欢喜，妻妾或许也能和睦相处。顾城希望谢烨能和英儿和睦相处，三个人浪漫地生活下去。

事实上，谢烨和英儿也的确不曾有过正面的激烈冲突。

但是，女人心，海底针。谢烨真的可以很宽容地和英儿分享顾城吗？

爱是自私的。真正的爱情是专一的。不，是狭小的，狭小到只能容下两个人的存在。因为爱情不是慈善事业，不可能慷慨施舍。如果有一天你愿意和另一个人分享你的爱人，那或许不是你爱他爱到愿意为他做任何事，而是你已经不爱他了。

迫于生计，一九九二年，顾城偕谢烨去德国讲学，英儿独居激流岛。次年，顾城重返激流岛。行遍天涯，他最为眷恋激流岛，"这岛极美，粉花碧木"。在岛上，他活得最自在也最快乐。

令顾城吃惊的是，英儿已随一个练气功的洋人走了。

而谢烨，此时也已打定主意和顾城离婚。

谢烨、英儿这两个顾城深爱的女人，一个要离去，一个已离去。于顾城来说，堪称毁灭式的打击。

顾城在遗书中说，谢烨是有计划地毁灭自己的生活，意思是一切事情尽在谢烨的掌控之中。

她准许英儿和自己生情，在英儿离开后，她亦离开自己，给了自己最深重的打击。

有些人赞同这种说法，并由此揣测或推演顾城、谢烨、英儿三个人的生活。

谢烨恨顾城吗？或许有。爱一个人，爱到不如意处，爱有多深，恨就有多强烈。谢烨想和顾城离婚，或许早就有此主意。在顾城决定重回激流岛后，她更加坚定了自己的想法。可若说每一步皆是谢烨布棋，未免有些牵强，且有不公之嫌。为何不这样想？谢烨终于决定为自己活了。多少年来，她的生活重心都只是顾城。这一回，是她心中真实的自我苏醒了。

在这个世界上，每个人活着，真正的职责只有一个：找到自我，完成自我。这是基础，是皮，皮若不存，毛将无处安放。

谢烨被所谓的爱情牵扯着，蹒跚奔跑了许多年。她也得为自己跑几步，用自己的节奏，在自己最想去的路上奔跑。

遗憾的是，她身边的那个人是顾城。

这个顾城，在她刚恋爱时，她的父母就提醒过她：这人有病。

诗人顾城，他穿过罪恶的现实发出声音，告诉人们在被晨光照亮的河岸上有一种快乐与人类共存。哪怕土地粗糙，哪怕海上有生锈的雨，哪怕月亮被上帝藏进浓雾，哪怕小巷又深又长，没有门，没有窗，人们身上布满了明亮的泪水。纵然如此多艰难，请人们依然要坚持用黑夜给的黑色眼睛寻找光明。诗人顾城当然可以用一生来捍卫他的这个光荣理想，并去追求他的理想生活。

但是，他是诗人，同时也是男人。

男人要做男人应该做的事，尤其是在面对妻儿时，男人要毫不犹豫地挑起属于男人的担子，要披荆斩棘、无所畏惧，要驯服生活。如果不能，那就选择孑然一身好了。不要去招惹女人，不要结婚，不要生儿育女，不要招惹俗世尘埃，因为你担不起。

可诗人顾城却问妻子谢烨："我不知道我能做些什么，但我知道我要做。在我失败的时候，在世界的大门都对我关上的时候，你还会将你的手给我吗？"

她的手其实一直都在他的手里。

她的人生只有三十五年，其中十四年的光阴都给了他。遗憾的是，他是一个活在天才与疯子之间的诗人。他在红尘中，却又坚持活在红尘外。

诗人又怎样？诗人不必谙人情世事？不必食人间烟火？

诗人也要活得一身都是世俗的热闹才好啊。

人活着，首先得活得是个"人"，然后才是诗人，或这个人、那个人。

在遗书中，顾城对儿子三木说："愿你别太像我。"

顾城希望儿子三木别太像他什么？

顾城有"人可生如蚁而美如神"这么一句。

的确，他在烟火生活中一败涂地，他的生如蚁美如神只存在于诗歌天地里。或许顾城最想对儿子三木说：人，要灵魂美如神，但肉身要入世，使足力气莫生如蝼蚁遭生活轻贱；有能力谋得稻粱，更要有能力让自己爱的和爱自己的人快乐且幸福。

一九九三年十月八日，新西兰激流岛，在顾城、谢烨、英儿三个人曾共同生活的寓所里，谢烨负伤，后不治而亡。伤亡现场有一把沾满鲜血的利斧，顾城则悬树自尽。有人说，那把斧子是顾城杀妻的凶器。

城坍塌了。

他好像是一阵风。

她好像是一场梦。

生命的美，千变万化，终为灰烬。

遥远的松林中安放着他们最后的愿望。松林下有海，远看像水池，一点点跟着他们的是下午的阳光。

他们人时已尽，而人世很长。他们是休息了吧。走过的人说树枝低了，还有走过的人说树枝在长。

　　在更远的地方，三月的风扑击着明亮的草垛，春天在每个夜晚数着她的花朵。诗人合着眼，世界与他无关。

我说你是人间的四月天；
笑响点亮了四面风；轻灵
在春的光艳中交舞着变。

你是四月早天里的云烟，
黄昏吹着风的软，星子在
无意中闪，细雨点洒在花前。

那轻，那娉婷你是，鲜妍
百花的冠冕你戴着，你是
天真，庄严，你是夜夜的月圆。

雪化后那片鹅黄，你像；新鲜
初放芽的绿，你是；柔嫩喜悦
水光浮动着你梦期待中白莲。

你是一树一树的花开，是燕
在梁间呢喃，——你是爱，是暖，
是希望，你是人间的四月天！

——林徽因《你是人间的四月天》

一树
花
开
———

四
月
天

D

有人说，《你是人间的四月天》是林徽因为悼念徐志摩
而作，这是一首情诗。

梁思成、林徽因之子梁从诫则说："父亲曾告诉我，
《你是人间的四月天》是母亲在我出生后的喜悦中为我而作
的。"不过梁从诫又说，"但母亲自己从未对我说起过这件
事。"

《你是人间的四月天》于一九三四年四月发表在《学
文》创刊号上。那时，梁从诫已近两岁，而徐志摩去世快满
三年了。

为儿子梁从诫而写，有可能。她爱他呀，爱得那么浓
烈，毫无保留。在她心中，在她的世界里，他是一个温暖明

亮的存在，柔嫩，喜悦，天真，庄严，弥漫着丰满温润的美感。她为他写诗，实在是寻常的事。在这世间，每一位母亲望着子女，那柔软的心底都会升腾盎然的诗意吧。

这诗，是林徽因为儿子梁从诫而写吗？梁从诫说"母亲从未对我说起过这件事"。

母亲为儿子做许许多多温暖的事，那些事，未必桩桩件件会对儿子言明。不过倘若为儿子写了一首诗，且这诗誉满天下，要如何漫不经心才能做到在悠长岁月里绝口不提呢？

或许的确如世间传言：《你是人间的四月天》，是林徽因为徐志摩而写。

徐志摩、林徽因，关于他和她在年轻时相爱的种种传闻，缭绕于他们的生前岁月，甚至在他们远离世间人群，在他们身后，那些传闻亦未消减，倒似乎更汹涌喧嚣了。

徐志摩英年早逝，林徽因曾写《莲灯》一诗悼亡，称他是宇宙里的过客，光一闪，花一朵，像一叶轻舸驶出了江河。又有诗《别丢掉》，她感慨星子漫天只有人不见。那个人啊，是长天明月，是隔山灯火，而过往的一把把热情也流水似的渺茫于山泉松林，以及深谷黑夜。

在她心中，应是有个别致空间只为他而设。不过爱多爱少，情深情浅，她从不与旁人言。偶有情愫游走于字里行间，亦如雾里花水中月，任人揣测。

就像这首《你是人间的四月天》。

谁是谁的人间四月天，谁是谁的夜夜月圆，一树一树花开？这些奥秘，除了林徽因，大抵唯有梁思成心知肚明。

梁思成对儿子梁从诫说，诗中流露真情是母子浓烈爱意。这或许是谎言。为何说谎？面对萦绕在他、林徽因、徐志摩之间的是是非非、纷纷扰扰，大抵他是想掩饰或挽回一些什么吧。

梁思成的情场对手不少，明处有徐志摩，还有个金岳霖，在暗处呢，谁知又有几人？当然，抱得林氏美人归的是梁思成。不过，他看似胜了，却也胜得委屈。

林徽因的美是人人称道的，她好客、喜欢热闹，众所周知。二十世纪三十年代初，每逢周末，京城北总布胡同的梁家四合院，欢声笑语不绝，座上客个个了得，可谓"谈笑有鸿儒，往来无白丁"。这其中最抢眼的非女主人林徽因莫属。梁思成、林徽因的美国好友费正清回忆说："她是有创造才华的作家、诗人，是一个具有丰富的审美能力和广博的智力活动兴趣的妇女，而且她交际起来又洋溢着迷人的魅力。在这个家，或者她所在的任何场合，所有在场的人总是围绕着她转。她穿一身合体的旗袍，既朴素又高雅，自从结婚以后，她就这样打扮。质量上好、做工精细的旗袍穿在她均匀高挑的身上，别有一番韵味，东方美的娴雅、端庄、轻巧、魔力全在里头了。"

如此佳人，其爱慕者又怎会只有徐志摩、金岳霖这两个人呢？

于梁思成来说，这不啻是他卧榻之侧有很多眼睛窥视，要这个男人如何做到毫不介意？

梁思成、林徽因成就姻缘，和梁父梁启超的巧妙助力不无关系。

梁启超和林徽因的父亲林长民同为清末民初政坛风云人物，相熟相知，共同致力于推行宪政。

一九二〇年春，林长民赴欧洲考察，随他远行的是十六岁的女儿林徽因。在林徽因去欧洲前，她曾见过一次梁思成。梁启超、林长民见各自的子女逐渐年长，颇有几分结亲的意思。但二人皆为思想新进人士，自是不会做包办婚姻之事。梁启超提议，不妨让这少男少女先自由交往，培养感情，再过几年由他们自行决定是否结为夫妻。这个法子好，既提供了无限的可能性，又给了少年自由，不招惹青春叛逆的心。

远涉重洋，在英国，一次聚会上，林长民和在伦敦留学的徐志摩相遇了。

徐志摩惊讶于林长民相貌清奇，又说林长民谈吐不俗，

"摇曳多姿的吐属，蓓蕾似的满缀着警句与谐趣"。林长民则欣赏徐志摩的聪明智慧、活泼才情，二人结为忘年交。

有此铺垫，徐志摩和林徽因相遇是水到渠成的事。

金风玉露一相逢，便胜却人间无数。

徐志摩和林徽因，有史料说这对年轻人一见倾心，两情相悦。不过，值得一提的是，徐志摩当时是有妇之夫，他当时的妻子是张幼仪。也有人说，林徽因对徐志摩心存好感这不假，但不至于要和他谈婚论嫁，而徐志摩却顽固地爱着林徽因。他和张幼仪离婚，林徽因起着不容忽视的作用。

是是非非，纷纷扰扰，其中真相除了当事人，旁观者谁能明了？纵使是当事人，他们追溯过往，回忆也并不尽同，各有一番说法。

一九二一年十月，林长民携林徽因回国。

林徽因回国不久，梁思成便登门了。用梁思成的续弦夫人林洙的话说，"这不是一般的访问，而是以一个求婚者的身份去的。"

梁思成向林徽因求婚，应是听从了其父梁启超的几分意思。在那个年月，虽有西方自由思想为年轻人的心染色，但大多数年轻人终究还是循规蹈矩的。尤其是事关婚姻，父母意见颇为重要。

之后，梁思成和林徽因的来往频繁起来。

徐志摩彻底失去了和林徽因相恋的机会。梁思成是他老师梁启超的儿子，他能撕破脸皮和梁思成决斗，争个死去活来？以他的性格，倒也并非没可能。但林徽因却不给他下战书的机会。有一次，徐志摩又去找林徽因，却看见门上赫然贴了一张字条："Lovers want to be left alone.（情人不愿受干扰）"这是梁思成写的。当然，完全可以看成这也是林徽因的态度。徐志摩见了字条，怏怏而去。

一九二四年，梁思成和林徽因共赴美国留学。有人说，这是梁启超的安排。

在这段故事里，梁思成大多时候仿佛一个失语者。人们只看见他在父亲的安排下登林家的门，然后四平八稳地和林徽因谈恋爱；父亲安排他和林徽因一起留学，他就去了。他是个乖乖仔，是没有不良嗜好的靠得住的沉默青年。

梁思成留学美国念的是建筑学，他原本并不了解建筑，但林徽因说好，他也就认为好。

后来，他回忆说："在交谈中，林徽因谈到以后要学建筑，可我当时连建筑是什么都还不知道。林徽因告诉我，那是集艺术和工程技术为一体的一门学科。因为我喜爱绘画，所以我也选择了建筑这个专业。"

是否可以猜测：若不是林徽因，后来中国也就少了一个建筑学家和建筑教育家？

一九二五年十二月，远在美国的梁思成和林徽因接到梁启超的来信。坏消息传来：林长民在沈阳苏家屯被流弹击中身亡。

悲伤的林徽因急欲回国，被梁启超劝住了。他安慰林徽因，逝者已矣，请将所有悲痛化为求学之勤奋，取得好学业，以告慰逝者在天之灵。他还和林徽因说，不必担忧学费，此后林徽因所有花费，由梁家资助；至于林家家事，梁家亦会妥善料理。

大抵是担心上述话语不能拦阻林徽因归国奔丧，梁启超又去见了林徽因的母亲何雪媛，问她有什么话需要转告林徽因。一个长年被丈夫冷落、失宠的幽居深宅小院的女人，她早被突如其来的噩耗惊得六神无主、手足无措，这时候，她能说什么？她只说，无话可转，"只有盼望徽因安命，自己保养身体，此时不必回国"。安命，何雪媛一辈子能做的，也只是安命而已。

而于聪慧的林徽因来说，她自是不会像母亲那样一辈子委曲求全、安命生活。但她又怎会不知什么叫安身立命？事已至此，无可逆转，不如抖擞精神，先将肉身安顿，再从长计议如何改命、如何立命。何况她要安顿的不止她一人，还有她的母亲。她得养活母亲。

因为生计，因为母亲，林徽因与梁思成的婚事非成不可，纵使徐志摩在她心里尚有一席之地，她与徐志摩的爱情也再无回旋余地。

很多年后，有人梳理这段故事，认为梁启超是导演，他下了一盘大棋，从梁思成、林徽因相识，到安排梁、林二人美国留学，每一步都在梁启超的掌控之中。及至林长民去世，梁启超承诺资助林徽因学费，为林家料理家事，这一着最具爆破力，彻底为梁思成拴牢了林徽因的心。梁启超给予林家的帮助越多，于林徽因来说，束缚就越多。受人恩情，何以为报？不如就遂了梁启超的愿，做了梁家儿媳。毕竟梁思成这青年倒也并非不惹人喜欢。

每一桩事，换了不同视角看，自有不同的结论。人们从来只相信自己肯相信的那一种。

梁思成和林徽因的留学生活结束，是在一九二七年。学业结束，婚事进行。梁启超拟订了详细的计划：梁思成、林徽因从美国先去加拿大，按西方风俗，在教堂举行仪式，婚礼由梁启超大女儿梁思顺和女婿周希哲为他们操办。婚后赴欧洲旅游，同时考察国外的建筑，然后回国。至于国内，梁、林双方的长辈和亲人都在国内，婚事礼仪等一切按国内的老规矩进行，由梁启超一手操办。

一九二八年三月，梁思成、林徽因在加拿大渥太华举行婚礼。同年七月，梁、林二人回国，八月同去东北大学任教。这份教职仍是梁启超一手安排的。

梁思成、林徽因做了夫妻，比翼双飞，从此柴米油盐，从此山高水长。

有人说："如果用梁思成和林徽因终生痴迷的古建筑来比喻他们俩的组合，那么梁思成就是坚实的基础和梁柱，是宏大的结构和支撑；而林徽因则是那灵动的飞檐，精致的雕刻，镂空的门窗和美丽的阑额。他们一个厚重坚实，一个轻盈灵动，他们的组合无可替代。"

金岳霖也认为梁思成和林徽因是天作之合，而徐志摩就是个捣蛋鬼："徐志摩是我的老朋友，但我总感到他滑油，油油油，滑滑滑——当然不是说他滑头……他满脑子林徽因，我觉得他不自量啊。林徽因和梁思成早就认识，他们是两小无猜，两小无猜啊。他们两家又是世交，连政治上也算世交，两人父亲都是研究系的。徐志摩总是跟着要钻进去，钻也没用！徐志摩不知趣，我很可惜徐志摩这个朋友。"

金岳霖自己呢？这个素有"中国哲学界第一人"之称的哲学家，他深爱着林徽因，世人皆知。曾有一段不短的时间，梁思成、林徽因夫妇住哪儿，他也跟着住哪儿，美其名曰"逐林而居"。

林徽因待金岳霖又如何呢？

或许可以这样说，金岳霖是一个很有魅力的人。他曾游学欧洲多国，与人交往很有洋派绅士的风度。他在清华教书时，或西装革履，握一手杖，礼帽墨镜俱全；或运动衫、短裤、球鞋、墨镜、草帽配套；有时也会幽默一下，西装马甲外头套一身中式长袍。他在生活中随性不拘，"现代新儒家"冯友兰先生评价他时很干脆地把他比成现代嵇康，说他"天真烂漫，率性而行；思想清楚，逻辑性强；欣赏艺术，审美感高"。

像金岳霖这样的人，在才学上与他交流能获得深入细致的知识启发，在生活上与他交往又能获得无尽乐趣，怎会不招人喜爱？

梁思成、林徽因婚后第四年，有一天，梁思成刚从河北宝坻县考察调研归来，一到家，林徽因就哭丧着脸对梁思成说，她苦恼极了，因为同时爱上了两个人，不知道怎么办才好。

同时爱上了谁？一个是梁思成，一个是金岳霖。

听闻此言，梁思成半天说不出话来。

不过他十分感谢林徽因的信任和坦白，他说，"她没有把我当成一个傻丈夫"。

很是耐人寻味的一句"她没有把我当成一个傻丈夫"。

斟酌，衡量，梁思成一夜未眠。天亮后，他把想了一夜的结论告诉林徽因：你是自由的，如果你选择了老金，祝愿你们生活幸福。

话出口，梁思成哭了，林徽因也哭了。

林徽因如此这般又复述给金岳霖，金岳霖说："看来思成是真正爱你的，我不能去伤害一个真正爱你的人。我应该退出。"

之后，金岳霖待林徽因，不减其爱，又行不逾矩。他对她的爱，如青天皓月明明白白，亦如大江大河坦坦荡荡。

梁思成、林徽因、金岳霖，三人行，有礼有节，一团和气。梁思成说："我们三个人始终是好朋友。我自己在工作上遇到难题也常去请教老金，甚至连我和徽因吵架也常要老金来'仲裁'。因为他总是那么理性，把我们因为情绪激动而搞糊涂的问题分析得一清二楚。"

翻阅旧事，不难发现，梁思成从头到尾都任由林徽因毫无拘束地表达她的喜怒哀乐。她放不下徐志摩，放不下金岳霖，无论她怎样，梁思成一直都以宽容者的姿态陪她跋涉春夏秋冬。

因为深爱，所以包容。

不抱怨，不苛求，全然接受对方。想和一个人长长久久地共渡婚姻之舟，必须要学会包容。

当然，梁思成不否认和林徽因在一起有时会很累，他坦言做林徽因的丈夫很不容易。

成年人的世界里，除了衰老和贫穷可以毫不费劲地得到，其余事，哪一桩容易？更何况是呵护婚姻这神奇又微妙的东西。

呵护婚姻，如有良药，那药或许是理解、包容和陪伴。谁付出多，谁付出少，都没得计较。不计较，是婚姻生活中宝贵的修养。

林徽因去世七年后，梁思成再婚，娶了小他二十七岁的林洙。那一年，梁思成六十一岁。

这是一段不被祝福的婚姻，亲人、朋友个个反对，但梁思成全然不顾。

这一回，他铁了心要由着自己的性子去生活。

心声无人知，无人给予理解和支持，没关系，生活从来都是如鱼饮水冷暖自知的事。谁能代替他去生活呢？生活是自己的，他只需要向自己交代。他心中觉得好，那就是好。至于旁人怎么看、怎么说，倘若非要回个声，也就四个字：干卿何事！

梁思成在全天下人的反对声里娶了林洙。

如果说在和林徽因的婚姻生活里，林徽因是四月天里的圆月，是一树一树的花开，梁思成是仰望者，那么在和林洙的婚姻生活里，梁思成则戴着鲜妍百花的冠冕，庄严地享受来自林洙的仰望。

和林洙一起生活，梁思成不必思虑谁是谁的四月天，不必琢磨谁响亮的笑在春的光艳中如何交舞着变，他只管去忙他的建筑学。从前，他处处包容着一个人；如今，有个人处处包容着他。他是舒展的，像一棵树，爱怎么长就怎么长。风听他的，雨听他的，阳光、大地也都顺着他的心意。

但一定有一个地方，只有他和林徽因知道，而林洙从来不能抵达。就像林徽因心中一定也有一个地方，他从来不能抵达。那种寂寞的感觉，就像在四月天里，软风，绿芽，星辰，明月，柔嫩水光，一树一树花开，呢喃的燕，他明明置身其中，却又恍似从未进入。

还好，自青春年少那回初见，往后余生，她的生活，他奉陪到底。

我是天空里的一片云，
偶尔投影在你的波心——
你不必讶异，
更无须欢喜——
在转瞬间消灭了踪影。

你我相逢在黑夜的海上，
你有你的，我有我的，方向；
你记得也好，
最好你忘掉
在这交会时互放的光亮！

——徐志摩《偶然》

　　徐志摩怎会料到，为他主持葬礼的不是他深爱的陆小曼或林徽因，而是曾被他鄙夷为"乡下土包子"的张幼仪。

　　张幼仪是徐志摩的前妻。

　　最初是张幼仪的四哥张公权看上了徐志摩，因为一篇文章，他被徐志摩的才情吸引了。一问，知晓徐志摩的父亲是浙江海宁硖石富商徐申如，张公权当即致信徐申如，提议将自己的二妹张幼仪许配给徐家公子。很有生意头脑的徐申如当然愿意了，因为张家在浙江要名望有名望，要权势有权势。两家若结了亲，于徐家未来发展产业必大有助益。

　　就这样，徐志摩便和张幼仪订了婚。

　　婚前，徐志摩曾看过张幼仪的照片，嘴一撇，不胜鄙夷地说："乡下土包子！"他是说张幼仪长相丑吗？不尽然。张幼仪"谈不到好看，也谈不到难看"，虽沉默寡言，但"举止端庄，秀外慧中，亲故多乐于亲近之"。徐志摩看不上张幼仪，只因为他是一个追求自由和浪漫的青年，对爱情充满诸多幻想和期待。别人要硬塞给他一个新娘，他的第一反应当然是像刺猬一样竖起全身的刺了。

一九一五年十二月五日，徐志摩迎娶张幼仪。其实他不想娶，但他拗不过父母。

洞房花烛夜，受传统教育的约束，张幼仪不得在丈夫开口之前先说话，于是她就耐心地等，等着徐志摩说点什么。徐志摩不发一言，只是神色古怪地盯着她看。

这是他们婚姻沉默的开始。

婚后不久，徐志摩便离家去异乡求学了。

远在他乡的徐志摩会定期给父母写信嘘寒问暖，可他的妻子张幼仪，不过是他在家信末尾不痛不痒却又不得不添加的一笔。

那几年里，这对小夫妻难得团聚。即使徐志摩寒暑假在家，和张幼仪也疏远得如同陌生人。他鄙视她，不让她亲近自己。有一次他在院子里读书，要用东西，大声唤用人去拿。他又感觉背痒，就叫另一个用人来抓痒。一旁的张幼仪想帮忙，却被他用眼神制止，那轻蔑而不屑的眼神令她不寒而栗。

张幼仪说："除了履行最基本的婚姻义务，他对我不理不睬的。就连履行婚姻义务这种事，他也只是遵从父母抱孙子的愿望罢了。"

一九一八年，徐志摩和张幼仪的长子徐积锴出生了。已经完成为家族传宗接代任务的徐志摩，在老师梁启超的建议下，于同年七月启程前往美国留学。张幼仪自然是留在硖石镇，徐家，深宅大院里，她陪着婆婆拈起绣花针，飞针穿线，绣着鞋上层层叠叠的积云朵朵。

若不是二哥张君劢，张幼仪断不会有出国的念头。

有一天，张君劢问妹妹什么时候去美国和徐志摩团圆。张幼仪大吃一惊："我从来没想过要与他团聚，因为我以为自己的责任就是和公婆待在一起。"

张君劢开导妹妹，孝敬公婆自是重要，但和丈夫在一起更为重要。张君劢甚至鼓励妹妹，不妨考虑也去美国留学，学习新知识，用能和时代同步的思想去生活，这样才能和才华横溢、思想新进的徐志摩有更多的共同语言。

张幼仪觉得哥哥言之有理，但她心存顾虑：徐家父母兴许不会同意。

为避免徐家二老拒绝，张君劢和妹妹说，他会让徐志摩写信请求父母让张幼仪出国。

只是徐志摩一直没有来信。

张君劢索性直接和徐父商谈。意料之中的是，徐父果然不答应儿媳出国。徐父认为，女人的头发尽管长去吧，但见识不必随着头发一起长。一个什么也不懂的女人，比起那些在外读书求知的新派女性要好管得多。

于是张幼仪只好继续待在深宅大院里，孝敬公婆，抚养儿子，缝衣绣花。

张君劢一心要让张幼仪出国，一为长见识，二是他担心张幼仪和徐志摩长久分离，两个人本就淡薄的感情会变得更淡也更薄，徐志摩另结新欢也有可能。于是张君劢又不时地写信催促徐志摩，要他尽快接张幼仪去国外。徐志摩只好给父母写信，请二老准许张幼仪来自己身边，说是"儿实可怜""儿切盼其来"。既然宝贝儿子开了口，徐家二老自是应允。这是一九二〇年十一月下旬。

张君劢并非多虑，由美国克拉克大学转往英国剑桥大学的徐志摩的确有了心上人，即他在伦敦结识的林徽因。

一九二一年春天，张幼仪终于登上轮船。同船的人听说她去异国是和丈夫团聚，纷纷赞叹她好福气。可她却一点也高兴不起来。徐志摩待她冷淡是结婚时就有的，此番相见，他又会以什么样的态度对她呢？

徐志摩见到张幼仪的第一件事，便是带她去买新衣服和皮鞋。

张幼仪来时的衣裳自然是中式服装，虽经过精心挑选，但落在徐志摩眼里仍是土气的，会让他在朋友面前丢脸。这让原本就心情忐忑的张幼仪再次受到伤害。

异国生活正如张幼仪所料，她和徐志摩的关系并没有好转。和朋友在一起时的徐志摩热情快活，神采飞扬。可是当朋友散去，面对妻子张幼仪，浓浓的忧郁就会笼罩在他的脸上。

徐志摩和张幼仪无话可说，他所有的话另有地方倾诉。

徐志摩每天早上都会去附近的一家理发店理发。一个人的头发要长得有多快，才经得起每天早上都理发？凭着女性敏锐的直觉，张幼仪察觉到徐志摩已经有了心上人。她从来都不是他的心上人。

多年以后，曾在徐志摩家借住的郭虞裳告诉张幼仪，徐志摩之所以每天早上都去理发店，只因理发店对面有个杂货铺，那是他收发信件的地方。

他究竟和谁频寄锦书呢？

有一天，邮差送来一封徐志摩的信，张幼仪无意中拆开，然后就看到了令她感觉天旋地转的东西。信是林徽因写来的：我不是那种滥用感情的女子，你若真的能够爱我，就不能给我一个尴尬的位置，你必须在我与张幼仪之间做出真正的选择，你不能对两个女人都不负责任……

张幼仪恨自己太糊涂。徐志摩足足有半年时间言必称林徽因，她亦见过徐志摩和林徽因在一起时他魂不守舍的目光，只是她从未怀疑。多么可怕的信任，这是命运对她最大的打击。而此时，她肚子里刚怀上徐志摩的第二个孩子。

且拿孩子来试探他的心意。

张幼仪小心翼翼又满含期待地说了怀孕的事，只听徐志摩毫不犹豫地说："把孩子打掉。"

天底下竟有这样的丈夫，有这样的父亲？

张幼仪心中尚残存希望，又试探着问："我听说有人因为打胎死掉的。"

你猜徐志摩怎么说？他冷冰冰地斥责妻子："还有人因为坐火车死掉呢，难道你看到人家不坐火车了吗？"

或许是真的不爱吧，竟绝情到这般地步。第一次，张幼仪对徐志摩的人品产生了怀疑。别人说他千万个好，可她在他那儿从未见过一个好，他给她看的从来都是令她心生绝望的无情。不过这个软弱的女人再次屈服了，她听从丈夫的话，准备打掉孩子。

尚未来得及去医院，"离婚"这个话题就摊到了桌面上。是的，是徐志摩提出要和张幼仪离婚。张幼仪蒙了。

更糟糕的是，一周后，徐志摩突然不见了。他不告而别，连他的朋友郭虞裳也不知道他去了哪里。

怀有身孕的张幼仪就这样被遗弃在异国小镇，一个人惊心动魄地生活。她说："待在那屋子里的那些日子好恐怖。有一回我从后窗往外瞄了一眼，看到邻居从草地走过去，竟然吓了一跳，因为我已经有好几天没看到过别人或是跟任何人讲过话了。"

十几天后，终于有了徐志摩的消息。他托一个叫黄子美的人过来，直接告诉张幼仪："徐志摩不要你了。"

无计可施，张幼仪向身在巴黎的二哥张君劢写信求助。张君劢为失去这个才情卓绝的妹夫深感遗憾，遗憾之余又再三叮嘱妹妹，千万不要打掉徐志摩的孩子。他说："万勿打胎，兄愿收养。抛却诸事，前来巴黎。"

在巴黎，伴随着肚子里孩子的生长，张幼仪的内心也产生了脱胎换骨的变化。她认真反省自己不受宠爱又遭遗弃的原因——一切悲苦不过是自作自受。她不曾裹脚，却和缠过脚的人没什么两样：一颗心被封建礼数缠裹得密密实实，这规矩、那规矩，不但没画成方圆，反倒把自己给圈点得面目全非。

张幼仪决定原谅自己先前的呆笨，从此以后要做一个为自己活并且靠自己而活的女人。她决定把孩子生下来，并且答应和徐志摩离婚。她说："经过在沙士顿那段可怕的日子，我领悟到自己可以自力更生，而不能回去徐家，像个姑娘一样住在硖石。我下定决心，不管发生什么事情，我都不要依靠任何人，而是要靠自己的双脚站起来。"

直到这时，张幼仪才真正成为"张幼仪"。

一九二二年二月二十四日，张幼仪在医院生下了二儿子彼得。

也是在这时，徐志摩现身了。他并非来看自己刚出生的儿子，而是来和张幼仪谈离婚的事。

他要离婚，张幼仪成全他。不过张幼仪想，或许该先和徐家父母打声招呼。徐志摩等不及，催促道："不行，不行，你晓得，我没时间等了，你一定要现在签字……林徽因要回国了，我非现在离婚不可。"

原来如此，原来如此，张幼仪彻底明白了。

那是一九二二年三月，春暖了，花也开了。在离婚协议上签完字，张幼仪以在新婚之夜没能用上的坦荡目光正视徐志摩说："你去给自己找个更好的太太吧！"

徐志摩欢天喜地地向张幼仪道了谢，并提出要看看刚出生的孩子。他终于有心情也有时间想起自己的孩子了。在医院的育婴房里，他"把脸贴在窗玻璃上，看得神魂颠倒"。尽管如此，他也始终没问张幼仪要怎么养这个孩子，生活费又从哪里来。

离婚后，徐志摩追随林徽因回国，并在报上刊登了《徐志摩、张幼仪离婚通告》。这是中国历史上第一例新式文明离婚案，一经见报，顿时成为头号新闻。

不明就里的人对徐志摩的离婚举动大加赞誉，吹捧他为彻底的反封建礼教战士。他们不知道，这个战士为了离婚做了令人多么灰心的事。

许多年后，有人问张幼仪，是否认为徐志摩要求离婚是革命性的举动。她毫不迟疑地说："不！"因为徐志摩闹离婚主要是为了追求林徽因。"如果他打从一开始，也就是在他告诉我他要成为中国第一个离婚男人的时候就和我离婚的话，我会认为他是依自己的信念行事，我才会说徐志摩和我离婚是壮举。"

一九二五年三月十九日，徐志摩和张幼仪的第二个孩子夭逝。一周后，徐志摩来了。他并非专程来悼念他的儿子，大半是因为与陆小曼热恋，他在国内陷入舆论的旋涡之中，不得已才远走欧洲避风头。

这次相聚，徐志摩发现自己几乎不认识张幼仪了。他先前太看轻她，可如今的她非但不轻，反而重得令他心生尊敬。他致信陆小曼，盛赞张幼仪："她是一个有志气、有胆量的女子，她这两年来进步不少，独立的步子已经站得很稳，思想确有通道……她现在真是'什么都不怕'，将来准备丢几个炸弹，惊一惊中国鼠胆的社会，你们看着吧！"

后来，张幼仪果然丢了几个"炸弹"：她打理上海女子商业银行，成为名动一时的银行家；她创办云裳时装公司，没过多久，上海的大家闺秀和名媛，在社交场中无不以穿着"云裳"所制服装为荣。

许多年以后，张幼仪说："我要为离婚感谢徐志摩，若不是离了婚，我可能永远也没有办法找到我自己，也没有办法成长。"

有些女人离婚后，日子越过越颓废，导致后来前夫再见到她时都由不得暗自庆幸，幸亏当初脚底抹油溜得快，否则岂不是要栽到这个女人手里？

更有一些女人，离开前夫后越活越有光彩，人人见了她都忍不住感叹：幸亏她当初离婚了，否则岂不是要和那个浑蛋男人窝窝囊囊邋遢一辈子？

张幼仪是后一种越活越光彩的女子，她打了一场十分漂亮的仗。

和徐志摩离婚后，张幼仪跟他的关系反而得到了改善。

他们经常通信，见面，谈天，像朋友一样交往。

十五岁就嫁给他，为他生儿育女。虽然他对她没有爱情，但作为她生命中最重要的一个男人，她对他总有一份说不清、割不断的情意。他的诗集不断出版，被誉为当时中国最有希望的诗人。报刊上一有关于他的报道，她只要看到就会精心地剪裁下来，压在办公桌的玻璃板下。

一九三一年十一月十九日，近午时分，徐志摩从天上坠入尘土。他乘坐的飞机失事，机毁人亡。

噩耗传来，陆小曼悲痛号哭直至晕厥，醒转后又以拒绝认尸来拒绝事实。

张幼仪亦是心痛至极，但生活早就教会了她如何从容应对残酷的现实。她十分冷静，分寸不乱，让八弟张禹九陪着她和徐志摩的儿子徐积锴前往济南认领遗体，由她主持丧葬。

然而令张幼仪不得释怀的是，徐志摩当天之所以会匆匆忙忙搭乘飞机返回北平，是为了赶上林徽因在协和小礼堂给外国使节作的关于中国建筑艺术的演讲。

"到头来又是为了林徽因。"张幼仪说。

又过了一些年，张幼仪的八弟张禹九的孙女张邦梅在图书馆查阅资料时，偶然发现自己的姑奶奶张幼仪竟是徐志摩的前妻，十分吃惊又好奇。张邦梅问张幼仪对徐志摩究竟怀着怎样一种感情。

张幼仪悠悠地回道："你晓得，我没办法回答这个问题。我对这个问题很困惑，因为每个人都告诉我，我为徐志摩做了这么多事，我一定是爱他的。可是，我没办法说什么叫爱，我这辈子也从来没跟什么人说过'我爱你'。如果照顾徐志摩和他的家人叫爱的话，那我大概是爱他的吧。在他一生当中遇到的几个女人里，说不定我最爱他。"

怨或爱，百般情意皆因斯人已逝也都作了古。

静默放下，如风吹落一朵花。

那一晚天上有云彩没有星，
你挽了我的手牵动我的心。
天晓得我不敢说我爱你，
为了我是那样年青。

那一晚你同我在黑巷里走，
肩靠肩，你的手牵住我的手。
天晓得我不敢说我爱你，
把这句话压在心头。

那一晚天那样暗人那样静，
只有我和你身偎身那样近。
天晓得我不敢说我爱你，
平不了这乱跳的心。

那一晚是一生难忘的错恨，
上帝偷取了年青人的灵魂。
如今我一万声说我爱你，
却难再挨近你的身。

——陈梦家《那一晚》

那一晚
上帝偷取了
人们的灵魂
——
▶

陈梦家、赵萝蕤，这两个名字，如今知晓的人大抵不多了。

想当年，这俩人，在他们所处的时代，个个都算得上是风云人物。

二十世纪二三十年代，有一个很有名的诗歌流派，叫新月诗派。"新月诗派四大诗人"，陈梦家是其一，另外三位是闻一多、徐志摩和朱湘。

陈梦家诗写得好，人长得也俊。很多年后，晚年的赵萝蕤接受扬之水采访。扬之水问："当初为什么选择陈梦家？是不是喜欢他的诗？"

"不不不，我最讨厌他的诗。"

"那为了什么呢？"

"因为他长得漂亮。"

也是在晚年，三联书店邀赵萝蕤写一本关于陈梦家的书。赵萝蕤拒绝了，她说她没有太多的话可说。

想起那个占据了自己生命中重要位置的人，该怎样才好？千言万语都嫌不够，大抵是越爱越深后的灵魂翩翩欢歌。另一种姿态，或许是越爱越沉默：赶着千山万水而来，又和生命中的千山万水一一告别，或者不言告别。万事恍惚，说爱不是，说不爱也不是，只好纵容千山万水止于唇齿，掩于岁月。

遥想当年，陈梦家、赵萝蕤曾是多么招人称羡的一对"神仙眷侣"呀。

最初相识是怎样的场景，已无从知晓。唯一可以确定的是，世界给了陈梦家、赵萝蕤足够的空间和足够的时间等他们完成相遇、相知到相爱的事。

陈梦家师从闻一多，这渊源得从"国立第四中山大学"，即"国立中央大学"说起。一九二七年夏，陈梦家尚未高中毕业就考入了南京国立第四中山大学，彼时在此任教的闻一多是他的老师。闻一多对陈梦家甚为赏识，陈梦家步入诗坛也得益于闻一多的提携。这里有一则趣事：有一回，闻一多写一封短笺给陈梦家，称之为"梦家吾弟"。陈梦家回信，顺着杆子就回称"一多吾兄"。闻一多大怒，把陈梦家大训了一顿。老一辈学者给学生或后生写信，往往会谦虚地称呼对方为"某某兄"，但这是老辈待人接物的文明礼貌以及平易谦虚。倘若年轻人因为长者称呼自己为"兄"，便忘乎所以地也跟长者称兄道弟，那就失礼了。

一九三二年九月，闻一多回母校清华大学任教。此时，经燕京大学宗教学院教授刘廷芳的推荐，陈梦家来到燕京大学学习。在燕京大学读书的陈梦家常常去清华大学看望老师闻一多。

也是在一九三二年，赵萝蕤毕业于燕京大学英语系，紧接着她又考入清华大学外国文学研究所继续求学。赵萝蕤的父亲赵紫宸是燕京大学宗教学院院长，所以赵萝蕤求学于清华大学，但住在燕京大学。

从燕京到清华，从清华到燕京，陈梦家和赵萝蕤各自来来回回。但总有那么一次，在途中，他们互相发现了对方。怎么会看不见对方呢？他们都太出色了，都是鹤立鸡群的人物：赵萝蕤很美，是燕京大学有名的校花；陈梦家很俊，学者刘梦溪评价陈梦家"英俊、潇洒，蕴藉得像一个害羞的王子。他的英姿像他的诗一样美，他的风度像他的学问一样好"。

这两个出色的年轻人彼此吸引，一点都不难。

燕大校花、清华才女赵萝蕤的追求者自然很多，不过那些人都入不了赵萝蕤的眼。据说当年钱钟书也曾追求赵萝蕤，无奈才子有心佳人无意，只得悻悻作罢。陈梦家出现后，赵萝蕤动了心。据陈梦家的好友钱穆回忆说，赵萝蕤"独赏梦家长衫落拓有中国文学家气味"。对，俊逸不羁的陈梦家那时除了有一副好看的皮囊，还有着耀眼的才华，是新月诗派的一员主将，诗名远扬。

俊男佳人，才子才女，彼此一见倾心，相恋是自然的事。

陈梦家的《那一晚》一诗，说的或许是他和赵萝蕤相恋时的事：在一个只有云彩没有星星的晚上，他和她在黑暗的巷子里并肩而行。趁着黑，趁着四周人静，她勇敢地牵住他的手，身偎依着他的身子，那样近。他心底有万千欢喜，欢喜又羞涩，好像有万千只小鹿在心头奔跃，万千只小鹿又无从突围。他多想对她表白"我爱你"，却说不出口，一颗心怦怦乱跳。过后一想起那晚，他都会自惭、自责。她有勇气挨近他的身，他怎么就没勇气说"我爱你"？嗯，一定是那一晚上帝偷取了年轻人的灵魂，像骑士被偷走了长剑和快马，农夫被偷走了耕牛和犁铧。

还好，在年轻的时候，生命有着大把可以挥霍的等待；

挫折会来，也会过去；热泪会流下，也会收起；上一秒没敢牵起的手，下一秒可以羞涩又勇敢地抓住。每一天都是新的，每一个瞬间也都是新的，没有什么可以让人气馁。

相逢的人会相逢，相爱的人会相爱。

风流倜傥的新月派诗人和才貌双绝的名门闺秀，他们在一起，真是天地造设的良偶佳眷，真是值得拥有世间众生万物的美好祝福。

不料赵萝蕤的父亲赵紫宸一点也不赞成女儿和陈梦家在一起。赵紫宸认为，陈梦家长得好看这不假，但好看又不能当饭吃，何况男儿立世怎么可以浅薄地拼皮囊？陈梦家会写诗也不假，但在著作等身又桃李满天下的赵紫宸看来，会写诗不过是雕虫小技，何况写的还是白话新诗。赵紫宸放话出去：陈梦家要想娶赵萝蕤，就拿真学问来求聘。

不知是赵父的话起了效用，还是另有一些缘故。一九三五年，陈梦家从他历年所做的一百余首诗中精选出二十三首，结集为《梦家存诗》，以作为其"七年写诗的结账"。之后他就放下诗笔，转而专注于中国古文字学和古史学的研究。

著名文物鉴赏家王世襄是陈梦家的好友，谈及陈梦家的转型，他这样说："一位早已成名的新诗人，又一头扎进了甲骨堆，从最现代的语言转到最古老的文字，真是够'绝'的。"

写诗得诗名，研究古史学、古文字学又很快成为业界翘楚，做一样成一样，陈梦家的确够绝的！

一九三六年九月，陈梦家获燕京大学硕士学位，并留在燕京大学中文系任教。相恋多年的陈梦家和赵萝蕤开始商议结婚之事。

此时，赵父已不反对女儿和陈梦家在一起，毕竟陈梦家用实际行动证明了自己的真学问。在一封家书中，赵父对女儿说："我爱梦家，并无一丝恶意……你有你的生命，我绝对不阻挡，因我到底相信你。"他还说，"我认识梦家是一个有希望的人，我知我的女儿是有志气的。我不怕人言，你们要文定，就自己去办，我觉得仪式并不能加增什么。"

一九三六年冬天，陈梦家和赵萝蕤成婚，结婚典礼在燕京大学临湖轩举行。临湖轩是当时燕京大学校长司徒雷登的住所兼办公地点。

两情相悦的陈梦家和赵萝蕤，在婚后曾有很长一段时间甚是恩爱幸福。

婚姻，说白了就是一对男女共同经历生活。他们是同一条船上的渡客，顺风顺水是两个人的顺风顺水，大浪滔天是两个人的大浪滔天。

抗战爆发后，赵萝蕤随丈夫陈梦家赴西南联大，生活艰难烦琐，还常常要躲避炮火。昔日的大小姐学会了洗衣拖地、淘米烧菜，家务之余，她依旧手不释卷，"联大图书馆所藏英文文学各书，几乎无不披览"。煮饭时，她的膝头常放着一本狄更斯的著作。尽管环境恶劣，有着知识分子浪漫情怀的赵萝蕤却从不气馁："我永远便是个乐观者，我觉得一切悲伤事结果都是最大的喜事，一切泪珠恨海在世界的喜剧场中都是些美丽的点缀，珍贵的纪念，活泼的教训，经验的演进。"

一起走过了战火连天的艰难岁月，陈梦家和赵萝蕤又共同迎接一九四九年后翻天覆地的变化。对于新生活，夫妻二人皆抱有莫大的憧憬。

一九五六年，陈梦家在北京钱粮胡同买了一所四合院。院子里种丁香、月季，也种牡丹，热爱收藏明清家具的陈梦家在室内摆满了明清家具。他还买了一架钢琴，为琴艺不凡的赵萝蕤而买。在那年月，营造这样一种生活环境，要花费不少钱，而所有花费皆是陈梦家靠自己的学问和自己的双手清清白白挣来的，但是，他生活得太优裕，这也为他后来遭受质疑和批评埋下伏笔。

居有定所，衣食无忧，陈梦家对自己的身体健康也给予关注。他找医生割除了肩上长了多年的脂肪瘤，又把有龋齿的牙也补好了。赵萝蕤和他说笑："现在你是个完人了。"

种种花，弹弹琴，玩玩古董，做做学问，陈梦家和赵萝蕤的日子看起来好极了。

谁知道风雨什么时候会来呢？

没过多久，在中国社会科学院考古研究所工作的陈梦家在报纸上发表文章，反对推行简体字。这种不合时宜的声音，受到当时学术界的批评。同时，针对他的私人生活，社会上也出现了一些质疑和批评。比如说他"自命甚高""竭力鼓吹自己"等等。

关于陈梦家的学术研究，其实一直有一些批评的声音存在，但陈梦家并没有要改变的意思。大抵从那时开始，他和妻子赵萝蕤之间就产生了微妙的裂痕。

赵萝蕤希望陈梦家能态度鲜明地做出改变。或许可以说，在尘世的洪流中，赵萝蕤活得更清醒也更冷静。她希望陈梦家改掉清高特立、口无遮拦、一意孤行的性子，该低头时且低头。活着，就是活着嘛，在这个世界上平安无事地活着就好了。

一身傲骨的陈梦家弯不下腰。赵萝蕤看不惯他的不妥协，她要改造他。

赵萝蕤在日记里说——

"他时而理性清明，时而感情激动，我虽安闲待之，但真正受不了他。"

"今天早醒，又为梦家疯态所逼，把他大骂一通。大骂之后果然稍好，比理性说服强得多。"

陈梦家陷入学术风波是他们夫妇生活的一个转折点。而更重要的一个转折点，是赵萝蕤受不住生活剧变的刺激，得了精神病，被送入协和医院。之后，陈梦家被调离他工作多年的考古研究所。在河南、甘肃等地工作时，陈梦家常给妻子写信，其中有封信，他这样写道：我们必须活下去，然必得把心放宽一些。

宽心得自在。可惜陈梦家、赵萝蕤他们谁都无法做到宽心，他们的日子早就像一个被扯得乱糟糟的线团。

这时，有关陈梦家的批评声还没有停歇。有一天，他告诉朋友："我不能再让别人把我当猴子耍了。"是的，他再也承受不住这种生活，他是一个多清高自傲的人啊。他决定这回由自己做主，自己动手取了自己的性命。

关于陈梦家的死，最通常的版本是：服安眠药自杀，由于药量不足，未遂。十天以后，陈梦家再度自绝，以自缢的形式。西方式自杀不成，他用中国最古老的方法了结了一生。

在《铁马的歌》诗中，陈梦家如此喃喃："我总是古旧，总是清新……也许有天上帝教我静，我飞上云边，变一颗星。"他飞上了云端化为星辰，星光下，精神分裂的赵萝蕤在世间踽踽独行。

没有熬不过去的黑夜，再痛的悲终有止境。多年后，所有的争议和风波都平息了，赵萝蕤的精神也逐渐好转。似乎一切尘埃落定，一切归于平静。唯有时间，最是有着不动声色又无比强悍的力量，让一切归于平静。但是，尘埃落定时，也是曲终人散时，人都散了，要那平静又有何用？

关于过去，关于陈梦家，赵萝蕤晚年很少提起。

有一年，三联书店想请赵萝蕤写一本十万字的关于陈梦家的书，白发苍苍的赵萝蕤说："我实在没那么多的话可说，五万字都写不出。他的写诗生涯只有短短六七年，大半辈子都是搞古文字和古文献，每天至少工作十小时，有什么好写的呢？而且我对考古一窍不通，没有任何发言权。"

此话耐人寻味。

不过据说有一次，一头白发的赵萝蕤站在丈夫陈梦家曾研究过的一尊青铜器面前，抑制不住内心的激动，沉默地颤抖。

在赵萝蕤心里，是否希望陈梦家此时还活着？她是否还想再苦口婆心地劝慰他：活着，充满力量地活着。这力量不是来自于喊叫，也不是来自于回首，而是忍受。去忍受现实所给予的幸福和苦难、无聊和平庸，活下去，就这么活下去，活下去就好啊。

　　然而这人生，强悍的是令人无法抗拒又哀思如潮的命运，最微不足道的是爱情。在捉摸不定的命运里，爱情往往徒劳无功。

　　一生呀，那么短，短到等不及好世界到来，短到一个人收拾不好心情对曾深爱过的人从容告别；一生又那么长，长到足以尝尽俗世悲欢，长到一个人愿意拿出足够的勇气和力气去忘记另一个曾深爱过的人。

　　关于过去，不提，不听，不念，不忘。倚窗听风声，大风声，仿佛从未发生太多的故事，亦从未拥有太多的记忆。一切都是岁月静好的样子。

鸟儿出山去的时候，
我以一片花瓣放在它嘴里，
告诉那住在谷口的女郎，
说山里的花已开了。

　　　　　　——冯雪峰《山里的小诗》

———

ᗡ

　　那是汉武帝时候的事了。传说，有一年的七月七日，汉武帝看见一只青鸟从西方翩翩飞来。身边的东方朔说，青鸟是西王母的信使，青鸟到，西王母要来了。果然，没过多久，西王母驾云而至，还带来七枚仙桃与渴求长生不老的汉武帝分食。

　　鸟为信使。花亦解语。

　　冯雪峰《山里的小诗》，诗中鸟儿出山，衔花而去。

　　花能解语鸟能言，但男子还是忍不住万千叮咛飞鸟：你飞到谷口的时候，一定要告诉住在谷口的女郎，说山谷深处的花都开好了，来看吧。

　　一个在山谷里，一个在山谷口，这倒使人想起北宋李之仪的一首词："我住长江头，君住长江尾。日日思君不见君，共饮长江水。"共居一山谷又如何，共饮一江水又如何，还不是一样的相思萦怀相见难？

山里的风拂过他的衣衫，这拂过他衣衫的风穿越长长的山路，也会拂动她的春裳。山月照亮她的明眸，照亮她双眸的山月照过漫山花木，也会映入他的眼底。山风多情，山月缠绵，问君何以慰相思？

不如趁春光正好，趁春风不燥，来山中看花吧。来了，就住下吧。在深深山谷，我垦荒，你煮饭，花开的时候吃茶，雪落的时候温酒。此生悠长，我们慢慢白头。

《山里的小诗》和山风一样清新，似山花那般多情，要有一颗多明朗和多清澈的心才可以吟得出？

都说文如其人，这么俊俏的诗，得是出自一个俊俏的诗人之手吧？俊俏的是诗心，而诗人冯雪峰的五官，在作家丁玲看来，不俊。

那一年，丁玲凭借小说《梦珂》在文坛显露头角，这让困顿已久的她对未来生活又萌生了新的憧憬。她和男友胡也频商量，拿着稿费去日本读书吧。有意去日本，那就先学点日文。经朋友介绍，北京大学的旁听生冯雪峰来教丁玲日文。当时冯雪峰已是小有名气的"湖畔诗人"。

诗人，北京大学，日文，凭着这三个关键词，丁玲在心底为冯雪峰画像，想着他大抵是英俊潇洒的。一见面，丁玲吃了一惊。后来，丁玲如此回忆她对冯雪峰的第一印象："他生得很丑，甚至比胡也频还穷。"

不过彼此一交谈，丁玲震惊了："在我们许多朋友之中，我认为这个人特别有文学天才，我们一同谈了许多话。"更了不得的是一见倾心，丁玲毫不掩饰她对冯雪峰的爱慕，"在我的一生中，这是我第一次看上的人。"

看见没有？男人去征服世界或者去俘获女人的芳心，才华是最好的通行证。有才华，皮糙颜丑怕什么？出身单薄也不怕。怕的是，又穷又丑又草包，看也看不得，靠也靠不住。

冯雪峰毫不费力气地住进了丁玲的心房。

丁玲无可救药地爱上了冯雪峰。

这份炽热的情感十分不合时宜，因为丁玲早已是胡也频的女友。丁玲也认为这种情况非常复杂，她说："虽然我深深地爱着另一个男人，但我同胡也频同居了很长一段时间，彼此都有很深的感情依恋。"并且她很清楚，如果她选择冯雪峰而离开胡也频，胡也频就会闹自杀。

一个男人得有多虚弱才会动不动就以自杀的方式去吓唬一个女人？虽然说爱会让人疯狂，但疯狂的爱一点也不值得歌颂。真正的爱不是让人疯狂的爱，而是让人极其理智，深情又冷静地爱着心上人，保护对方，成全对方，哪怕成全的代价是自己孤独地转身。

丁玲在和胡也频同居多时后又爱上了冯雪峰，也是尴尬。这个时候，在她心里，大抵是怨着和冯雪峰相逢太晚，又悔着和胡也频相逢太早。

世间的相逢，不是恨早，便是恨晚。最美的相遇，诚如张爱玲所言——于千万人之中遇见你所要遇见的人，于千万年之中，时间的无涯的荒野里，没有早一步，也没有晚一步，刚巧赶上了，那也没有别的话可说，唯有轻轻地问一声："哦，你也在这里吗？"

谁知道经过几许痛苦的细思量，又熬过多少个漫长又无奈的日夜，丁玲做出一个决定，请冯雪峰离开。她对他说："世界上只有一个人是我所爱的，不管他可能离得多远，这个事实绝对不会改变。"

她的意思是：你走吧，就算你我从此山高水长，或许不再相见，但我爱你这个事实绝对不会改变。我把风情给了你、思念给了你，把心给了你，我却只能哀伤地把身体给他、时间给他，把我余生所有的日子都给他。谁让他比你先到呢？

冯雪峰也发现了一个事实，他爱上了丁玲。但他不得不接受另一个事实，爱而不得。谁让他晚来了一步呢？

二十岁时，冯雪峰心中的爱情是这般模样：山里的花都开好了，飞鸟将花开的消息报知心上人。心上人欢欢喜喜来赏花，来了就不再去，一对人儿欢天喜地，朝朝暮暮，相依相偎。

想得有多美，就能有多美，如果真能这样就好了。

然而生活惯会不动声色地使人遍体鳞伤。

如果当初不相见就好了。不相见，不相恋；不相知，不相思。可是人生哪有那么多如果呢？如果有那么多如果，生活又哪来那么多是非对错？

离开丁玲，冯雪峰远走上海。

真是一万个想不到，冯雪峰去上海后不久，丁玲竟又追了过来。

当初是她要他远远地走开，当他转身离去，她却又追了过来。如果这是一场电影，导演自始至终都是她，剧情全由她安排。

丁玲给出的理由很充分，她说没有了冯雪峰，她连自己最爱的写作都无法再继续了："满脑子只有一个思想——要听到这个男子说一声'我爱你'。"

"我爱你"就是一句咒语，这句咒语的谜底全是"我爱你"。

去上海前，丁玲向胡也频摊牌："我必须离开你，现在我已懂得爱意味着什么了，我现在同他相爱了！"他，当然是指冯雪峰。

这回轮到胡也频真真切切地体会什么是爱的痛苦和悲哀了。

丁玲去上海寻冯雪峰。没过几日，胡也频也去了上海。他寻的是丁玲。谁让他爱她呢？当年初见她，就意乱情迷全为她。为她，他做过许多疯狂的事。比如那一年她回了故乡，他一日不见她就像一个人孤苦伶仃地熬了好几十年。实在熬不过，他就去她的故乡找她。不巧的是，当时他正穷困潦倒。但是再穷不能穷相思，他向朋友借了盘缠，跨过了千山万水去她的故乡见她。一路风尘仆仆到她面前，他已身无分文，连乘坐黄包车的钱都是她母亲代付的。

曾经为她做了那么多的疯狂事，再多一件又如何？

只是这一次不一样，他的心上人有了心上人。

问世间情为何物？直教人癫狂不已。

冯雪峰、丁玲、胡也频，这三个冤家在上海共度了几日，又相约同去杭州。

这一段错综复杂的关系，今天看来仍让人觉得是匪夷所思的。

西湖春日如诗如画，对着良辰美景，三个人心乱如麻。怎会不心乱？爱可以是一个人的事，但在爱情的世界里，两个人刚刚好，三个人就太拥挤了。

三个人的爱情，总有一个人要离开。

胡也频突然就离开了西湖。他跟朋友沈从文说，他不会再去杭州了。他又跟沈从文说，他和丁玲"虽同居数年"，但一直都"在某种'客气'的情形中过日子"。沈从文就他"所知道的属于某种科学范围的知识，提出了一些新鲜的意见"，次日，胡也频又回杭州去了。

不知道沈从文到底为胡也频提了一些怎样新鲜的意见，也很难想象在西湖边，冯雪峰、丁玲、胡也频这两男一女究竟发生了什么样的冲突与妥协。最后的结果是，胡也频找到了通往丁玲灵魂的通道，丁玲情感的重心结结实实地偏向了胡也频。而冯雪峰，他在这场爱情战役里败下阵来，悲伤地离开了西湖。

后来丁玲坦言："我的决定使他（冯雪峰）非常悲哀，所以我终于不得不拒绝和他见面，把关系完全切断。我仍然和以前一样爱他，但把这个对他都保守了秘密，退回了他全部的信。"

遗憾的是，丁玲、胡也频并没能白头到老。一九三一年二月七日，从事革命活动的胡也频在上海龙华遇难，时年二十八岁。那一年，丁玲二十七岁。

胡也频遇害后，冯雪峰放下一切来看丁玲，给她安慰。

丁玲对冯雪峰重燃爱火。她给他写信："我想，我只想能够再挨在你身边，不倦地走去，不倦地谈话，像我们曾有过的一样，或者比那个更好。"关于过去，她责怪他，"我想过（我在现在才不愿骗自己说出老实话）同你到上海去，我想过同你到日本去，我有过那样的幻想。假使不是也频，我一定走了；假使你是另外一种性格，像也频那样的人，你能够更鼓励我一点，说不定我也就走了。你为什么在那时不更爱我一点，为什么不想拥有我？"

她还说："我对你一点也没变，一直到你离开杭州，你可以回想，我都是一种态度，一种愿意属于你的态度，一种把你看成最愿信托的人的态度。我对你几多坦白、几多顺从，我从来没对人那样过。你又走了，我没有因为隔离便冷淡下我对你的情感。"

她又说："每每当我不得不因为也频而将你的信烧去时，我心中填满的也还是满足。我只要想着这个世界上有那么一个人，我爱着他，而他爱着我，虽说不见面，我也觉得是快乐，是有生活的勇气，是有生存下去的必要的。"

她更表白："我常常想你，我常常感到不够。在和也频的许多次接吻中，我常常想着要有一个是你的就好了。我常常想能再睡在你怀里一次，把你的手放在我的心上。"

爱火熊熊，却只能燃烧丁玲自己。因为此时的冯雪峰已经结婚了。

他理智又冷静地没有回应她。

当爱已成往事，往事不要再提。纵然记忆抹不去，也请断了过去。至于未来，有些爱错过了，就没有未来。再也不相依，不相偎；不相许，不相续；不相误，不相负。风止于秋水，而他止于她。

冯雪峰有一首名为《有水下山来》的诗：有水下山来，道经你家田里，它必留下浮来的红叶，然后它流去。有人下山来，道经你们家里，他必赠送你一把山花，然后他归去。

这首诗和《山里的小诗》一样，冯雪峰写于二十岁。

二十岁时，他渴望花一开满就相爱。也是在二十岁，他似乎已懂了爱情的静寂和悲哀。

大抵浮世爱情只是一场幻觉吧。水下山，留下红叶；人下山，赠出山花；后来水流去，人归去。仿佛人从未来过，似乎一切从未发生。

然而谁能抹得去那些确确实实的曾经的存在？望着没有花朵的枯枝，心里其实知道，那些枝上曾经如火烧般开满了花。

　　一九八六年二月的一天，丁玲卧于病榻，蓦然感慨：
"雪峰就是这个时候死的。"算了算，冯雪峰辞别人世已有
十年。她热烈地爱恋着他，有好多个十年了。她从不否认，
在她的整个一生中，她第一次全心全意爱上的男人是他。

　　又一个月后，她也离世了，像飞鸟衔去了一片花瓣。

天上风吹云破，
月照我们两个。
问你去年时，
为甚闭门深躲？
"谁躲？谁躲？
那是去年的我！"

——胡适《如梦令》

在二十世纪上半叶，"我的朋友胡适之"是许多人的口头禅，文人雅士、学术精英、社会贤达，或者社会下层的厨师、菜贩、引车卖浆者流，都喜欢自称是胡适的朋友。不管在什么场合，只要有人说出"我的朋友胡适之"这样的话，就会引来关注或钦羡的目光。

据说，珍珠港事变前，芝加哥大学教授史密斯当选众议员。时任国民政府驻美大使的胡适得知其当选，乃请他到驻美使馆共用晚餐。史密斯议员在赴宴路上突然想起：还不知道主人姓甚名谁，不知如何是好？但转念一想，只需称呼"大使""阁下"便足以应付，于是疑虑全消。宴会结束，胡大使送客时免不了说出"欢迎到敝国旅游"这样的客气话。"中国我是一定要去观光的，"客人肯定地说，"我到贵国观光，第一个要拜访的便是我的朋友胡适博士。大使先生，胡适博士现在在什么地方呀？"胡大使闻言笑颜大开，说："胡适就站在你的对面啊！"这个……哎呀，宾主相拥而笑，尽欢而散。

据说，在二十世纪上半叶，不认识胡适却又开口便称"我的朋友胡适之"的不在少数。

那是一种社会身份的标签嘛！

胡适的弟子唐德刚问胡适："'我的朋友胡适之'这句话是谁先叫出来的？"

胡适笑嘻嘻地答："实在不知道，实在不知道！"

唐德刚又问："有人说是傅斯年，但是又有人说另有其人，究竟是谁呢？"

"考据不出来！考据不出来！"胡适还是笑，非常得意。

人们乐于和胡适交往，并以此为荣，可见胡适当时名望之高、人缘之好、影响之大。认识胡适的，或不认识他的人都打着胡适的招牌去说事，胡适并不介意，其之随性由此亦可见一斑。

随性的胡适在男女情感生活上也可称得上处处留情。

除了正室夫人江冬秀，他还有剪不断理还乱的情人韦莲司、曹诚英等人。但胡适对江冬秀到底可以称得上是情深义重，也是他让江冬秀"这位小脚、眼有翳、爱打麻将的女人，成了传统中国社会最后一位福人"。

《如梦令》这首小诗是胡适写给江冬秀的，原诗有个题记："今年八月与冬秀在京寓夜话，忽忆一年前旧事，遂和前词，成此阕。"

所谓"今年八月"，是指一九一八年八月。

一九一七年冬，胡适奉母之命与江冬秀结婚。次年，八月的某一日，胡适和江冬秀在京城的寓所闲来夜话，说起旧事，又想起一九一七年八月即婚前写给江冬秀的两首《如梦令》，和前词，又得一首《如梦令》："天上风吹云破，月照我们两个。问你去年时，为甚闭门深躲？'谁躲？谁躲？那是去年的我！'"

夫妻夜话恩爱调笑的情态翩翩浮现，引人会心而笑。

当年，西装教授胡适和小脚女人江冬秀成亲，被称为民国七大奇事之一。时人想不通，胡适身为新文化运动的"旗手"，又喝过不少洋墨水，怎么就那么听话地和一个旧式女子生活在一起了？

怎么不能呢？胡适和江冬秀幸福着呢。

一九五五年，张爱玲在纽约见到胡适和江冬秀。

后来，她这样回忆那次见面："他太太带点安徽口音……端庄秀丽的圆脸上看得出当年的模样，两只手交握着站在当地，态度有点生涩。我想她也许有些地方永远是适之先生的学生，使我立刻想起读到的关于他们是旧式婚姻罕有的幸福的例子。"

和许多旧式婚姻近似，把胡适和江冬秀拴在一起的是胡母和江母。胡适十二三岁时，胡母和江母一商量，就把亲事给定下了。这门亲事胡适也曾疑虑过、矛盾过、抗拒过，但终因"不忍伤几个人的心"而没有推翻。一则他是个孝子，二则他说他"深深懂得旧式婚姻中女性的地位"。因为懂得，所以慈悲。

胡适也曾写诗宽怀："岂不爱自由？此意无人晓。情愿不自由，也是自由了。"这也就是胡适所提倡的"容忍与自由"：没有容忍，就没有自由。容忍是一切自由的根本；容忍比自由还重要。

在容忍与自由之间，胡适尝试着改变江冬秀。

他要江冬秀放开缠裹起来的双脚。

在一封写给母亲的信中，他说："又知放足之事，吾母已令冬秀实行，此极好事，儿从今可以放心矣。"他还直接写信给江冬秀："前得家母来信，知贤姊已肯将两脚放大，闻之甚喜。望逐渐放大，不可再裹小。"

他还要江冬秀多读书识字，期待"他年闺房之中，有执经问字之地，有伉俪而兼师友之乐"。

一九一一年四月二十二日，胡适写给江冬秀的第一封信就问她："现尚有工夫读书否？"还说，"甚愿有工夫时，能温习旧日所读之书……虽不能有大益，然终胜于不读书坐令荒疏也。"后来胡适还向母亲提出，希望转告江冬秀能给他写封信，哪怕几行字都行。

过了大概一年多，江冬秀才给胡适回信，说她只读了两三年私塾，"程度低微，稍识几字，实系不能作书信"。

这文绉绉的回信，胡适明知是他人代写，就直接指出："其实自己家人写信，有话说话，正不必好，即用白字，亦有何妨？亦不必请人起稿，亦不必请人改削也。"之后，江冬秀当真自己亲笔书写，尽管白字很多，胡适还是感到很高兴，并在回信中将江冬秀的白字一一予以纠正，希望她"下回改正了"。

有一次，胡适致信江冬秀，夸赞江冬秀的前一封信："你这封信写得很好，我念了几段给钱端升、张子缨两位听，他们都说，'胡太太真能干，又有见识。'你信上说，'请你不要管我，我自己有主张。你大远的路，也管不来的。'他们听了都说，'这是很漂亮的白话信。'"

可见江冬秀是个聪慧女子，知道自己的不足，并且肯努力填补不足之处。大抵江冬秀很是明白，幸福需要经营，两个人的幸福需要两个人共同经营。

虽然和江冬秀早有婚约，但结婚前胡适几乎没见过江冬秀。他先是求学上海，后又去美国留学多年，和江冬秀的感情沟通以及培养，多是凭借书信。胡母曾多次致信胡适，要他回乡和江冬秀完婚。胡适抗拒，他不抗拒母亲为他私定婚约，但他抗拒早早地进入婚姻殿堂。他回信给母亲："儿决不以儿女婚姻之私，而误我学问之大。"

为学问而抗婚，是个坦荡的理由。

其实胡适迟迟不肯回国另有隐情，他和一个叫艾迪丝·克利福德·韦莲司的美国姑娘产生了浓厚的感情。这事儿传到胡母那里，胡母要儿子说个明白。胡适慌忙回信："儿久已认江氏之婚约为不可毁，为不必毁，为不当毁；儿久已自认为已聘未婚之人；儿久已认冬秀为儿未婚之妻。故儿在此邦与女子交际往来，无论其为华人、美人，皆先令彼等知儿为已聘未婚之男子。儿既不存择偶之心，人亦不疑我有觊觎之意。故有时竟以所交女友姓名事实告知吾母，正以此心无愧无作，故能坦白如此。"

胡母到底放心不下，或者说，江冬秀那厢也多少听得一些胡适在他国结新欢的消息，难免慌张，难免要敦促胡母早早召回游子，将该煮熟的生米早日煮熟，彼此落得安心。

一九一七年夏天，二十六岁的胡适终于回国了。

他和江冬秀的婚事定在冬天。夏末秋初，他去江家，想见见未婚妻。但江冬秀碍于风俗，躲在闺房里不肯出来。

胡适失望而归。

有两阕《如梦令》可见胡适当时心情。

其一："他把门儿深掩，不肯出来相见。难道不关情？怕是因情生怨。休怨！休怨！他日凭君发遣。"

其二："几次曾看小像，几次传书来往，见见又何妨！休作女孩儿相。凝想，凝想，想是这般模样！"

两阕《如梦令》中的"他"字，实应为"她"，但胡适填此词时，刘半农还没有造出如今通用的女性"她"字。

君子言而有信，行而有义。无论心里再怎样失落，婚还是要结的。逃不了的，那就笑着面对吧。换了视角，换了心态，苦也酿出蜜来。

和江冬秀的婚后生活，胡适写了不少诗词表达甜蜜心情，比如：记得那年，你家办了嫁妆，我家备了新房，只不曾捉到我这个新郎！这十年来，换了几朝帝王，看了多少世态炎凉；锈了你嫁妆中的刀剪，改了你多少嫁衣新样；更老了你和我人儿一双！只有那十年陈的爆竹呵，越陈偏越响！

其实纵使胡适和其他女子也有纠缠不清的情愫，但他一直都将江冬秀放在最重要的位置。胡适多情，江冬秀却不是个惯于忍气吞声的。

那一回，胡适为了曹诚英，一时头脑发热，要和江冬秀闹离婚。江冬秀勃然大怒，从厨房里拿了菜刀，冲胡适大吼："你要离婚可以，我先把两个儿子杀掉！我同你生的儿子不要了！"

胡适怕了，斩断和曹诚英的浓情，低头回归家庭。

挥舞菜刀的江冬秀虽有泼辣之处，但胡适对江冬秀好，倒不是因为他惧怕江冬秀的泼辣。

一个女人征服一个男人，使百炼钢化为绕指柔，靠的绝不是河东狮吼之功，而是她的智慧。她得有使男人认定她是贤妻良母的本事。

江冬秀善待胡适所有的亲朋。

厚道豁达的胡适朋友多，三教九流都有，不管是哪个朋友到了胡家，江冬秀都热情又妥帖地招待，使客人欢欢喜喜地来又欢欢喜喜地走。

江冬秀还为胡适办了两件让胡适感念终生的大事。

第一件，一九二八年初，江冬秀回到胡适家乡，用了五个多月时间，亲自上山督工造料，为胡适建造了其祖父母及父母亲的合葬墓。墓碑落成后，胡适着意在碑上刻下两行小字：两世先茔，于今始就。谁成此功，吾妻冬秀。

另一件，抗战爆发后，北京沦陷，江冬秀领着孩子避难，还将胡适的七十箱书从北京带到天津，又带到上海，在战乱里完好地保存下来。为此，胡适致信江冬秀："北平出来的书生，都没有带书，只有我的七十箱书全出来了。这都是你一个人的大功劳。"

胡适在美国当大使期间，有一天穿上江冬秀寄来的衣服，发现口袋里装着七副象牙耳挖，顿时柔肠百转。"只有冬秀才会想到这些。"他说。

还有一次，胡适和友人闲坐，他不无炫耀地将领带翻过来给友人看一个小秘密：领带下端有一条小拉链，内藏一张五元美钞。胡适说，这是他太太非常仔细的地方，即使真被人抢了，还有这五元可以搭一辆计程车平安回公寓。

在民国时期，胡适是文人，亦是政客，但江冬秀屡屡劝诫胡适少接触政治，多做学问。她对丈夫"千万不要做官"的劝诫，被后人归为"自有识见"。

一九三八年十一月二十四日，胡适致江冬秀家信中说："现在我出来做事，心里常常感觉惭愧，对不住你。你总劝我不要走到政治路上去，这是你帮助我。若是不明大体的女人，一定巴望男人做大官。你跟我二十年，从来不作这样想，所以我们能一同过苦日子。所以我给新六的信上说，我颇愧对老妻，这是真心话。"

心思分明，做事有主见，泼辣又温柔的江冬秀，胡适对她真是又爱又敬又惧。

胡适从不惮于在公开场合表达他的"惧内"。他曾风趣地说，男人对太太要奉行"三从四得"。所谓三从，是太太出门要跟从，太太命令要服从，太太错了要盲从。所谓四得，是太太化妆要等得，太太生日要记得，太太打骂要忍得，太太花钱要舍得。

对于胡适惧内这件事，胡适的儿子胡祖望这样说："请问哪一个扬扬得意向全世界宣扬传统中国文化是一个怕老婆文化的人，会是真正怕老婆的呢？那真怕老婆的人极力隐藏还来不及，又怎敢公开宣扬呢？"

看胡适、江冬秀这对组合，无论是时人还是后人，都有发"不般配"之声的。其实那些所谓的不般配的爱情，往往都有着旁人看不懂的深情。

胡适认为，和江冬秀结为夫妻，是他胡适讨了个大便宜："许多旧人都恭维我不背旧婚约，是一件最可佩服的事！我问他，这一件事有什么难能可贵之处？他说这是一件大牺牲。我说，我生平做的事，没有一件比这件事更讨便宜的，有什么大牺牲？当初我并不曾准备什么牺牲，我不过心里不忍伤几个人的心罢了。假如我那时忍心毁约，使这几个人终身痛苦，我良心上的责备，必然比什么痛苦都难受。"

胡适还说："我是不怕人骂的，我也不曾求人赞许，我不过行吾心之所安罢了。"

山山水水，心安是归处。

心安是活着的最美好状态。

她这一点头，

是一杯蔷薇酒；

倾进了我的咽喉，

散一阵凉风的清幽；

我细玩滋味，意态悠悠，

像湖上青鱼在雨后浮游。

她这一点头，

是一只象牙舟；

载去了我的烦愁，

转运来茉莉的芳秀；

我伫立台阶，情波荡流，

刹那间瞧见美丽的宇宙。

———曹葆华《她这一点头》

咫尺是你，陌路是你——Ｄ

这一场风花雪月的事，当年也曾搅起一个大浪。浪翻浪滚，满城沸沸扬扬。

故事的男主角是个诗人，也是教师。

故事的女主角是个学生，少女情怀总是诗，天真又多情。

一个为师，一个为生，二人相恋。不合时宜的爱，却又万般决绝。他们相约私奔，远走高飞，去最遥远的地方，在最宽容的人群中，过最幸福的生活。

听起来像不像小说？若是小说就好了。在小说中，再荒唐的爱都可以有个皆大欢喜的结局。而曹葆华和陈敬容没有。

曹葆华一开始是个诗人，他转做翻译者则是很多年以后的事了。曹葆华毕业于清华大学，读书时曾出版个人诗集，颇受闻一多、徐志摩等人赞许。不过钱钟书对他十分不看好，讥讽他写诗翻来覆去一个调调，不是慨叹英雄失路就是呻吟才人怨命，"在作者手里，文字还是呆板的死东西"。

有人说好，有人说不好，这也是极寻常的事。谁都做不到让所有人都喜欢，哪怕他是一锭金子。

从清华大学毕业后，曹葆华回到故乡乐山，执教于乐山女子中学。

据说在当时的乐山女中校园，曹葆华的情诗像风一样在学生间卷来卷去，招摇少年们的心。

那风也吹动了陈敬容的心。

曹葆华是陈敬容的英语老师。

陈敬容好读书，热爱文学，沉迷于写诗。这个叫曹葆华的颇有诗名的男教师的诗，她读了，忍不住叫好。

曹葆华对这个爱写诗的女学生也是另眼相看。她生长于一个沉闷压抑的家庭，向往远方自由的世界，他就为她讲自己在北京的阅历见闻，为她开启一扇通向自由天地的窗户。

在乐山教书的那两年，曹葆华曾出版一本诗集，取名《落日颂》。扉页上清清楚楚印着：给敬容，没有她这些诗是不会写成的。

这写在扉页上的话虽然只有寥寥数字，但意味深长。

那时候，乐山女中的校园里已处处流传他们相爱的事：一个男教师爱上了他的女学生，一个女学生爱上了她的男教师。

爱情是什么？爱情是一棵树摇动另一棵树，一朵云推动另一朵云，一个灵魂感动另一个灵魂。

爱情发生了，沉溺于爱里的人，狂热、盲目，往往认为自己拥有了全世界，世界上的一切他们都有能力去改变，使之成为他们想要的样子。至于相约远走高飞，更是一眨眼就能决定的事。

一九三二年五月，十五岁的陈敬容随着二十六岁的曹葆华，从乐山肖公嘴码头上船，沿岷江水路下行，准备穿越三峡险滩，然后一路向北，去北平。他们要在遥远的京城开始新生活。

人在年少时为何总能无所畏惧？那么容易就交出自己的心，信任眼前人，信任未知的世界，更信任自己可任意雕琢世界。

陈敬容的父亲很快就发现女儿不见了。乐山女子中学校方也发现，那个能写几行诗的男教师曹葆华恰巧也不见了。再问了几个略知内情的学生，事况昭然若揭。

计算时间，曹葆华、陈敬容应已行至万县。乐山女中和陈敬容的父亲联合发出快电，请求万县官员带兵拦截，将那对私奔的人儿囚禁起来。

到底是儿女情长之事，说大也大，说小也小，但真没甚理由将这对恋人丢进大牢从此不许见天日。

扣押一个星期后，曹葆华脱身回到北平，而陈父将女儿带回乐山，禁于家中。

陈敬容已不能再回乐山女中读书了。乐山城那么小，一场私奔激起满城风雨，陈家人怎肯让少女陈敬容再抛头露面？陈敬容的祖母本就不满孙女读书，常常愤恨地骂："读了书做女王吗？我不读书，也活了一辈子！"这一次，她更有充足的理由阻拦陈敬容去学校读书。

回到北平的曹葆华，如何回望这场糟糕的私奔？

或许沮丧，或许不甘，或许多添几杯酒，又得几行诗。

曹葆华有一首传诵极广的诗，诗云："她这一点头，是一杯蔷薇酒；倾进了我的咽喉，散一阵凉风的清幽；我细玩滋味，意态悠悠，像湖上青鱼在雨后浮游。"

曾拜访过陈敬容并为《陈敬容作品集》写序的赵毅衡说，他可以肯定，曹葆华诗中那位"一点头是一杯蔷薇酒"的女郎就是陈敬容。

她曾为他点头，可惜他没能说带她走就带她走。或许由此他也懂得了，这个世界上有个词语叫事与愿违。或许他体会到的是另一个词语：好事多磨。

倘若真是好事多磨，那就给这满心期待的好事再多一些时间，多一些经过。

一九三四年底，陈敬容再次偷偷离家出走。

那一年，乐山洪水泛滥，水位攀升，乐山大佛"洗脚"。陈敬容离开故乡，大雾锁江，小城在她身后消失。她乘着小船去往迷人的未知之地。她相信未来是迷人的，就像她相信如果再留在乐山她会一辈子都尝不到快乐的滋味。

船儿摇过冬日江水，陪伴她的是一枕涛声，枕下是长长的旅程。在热闹的港口，船舶和船舶载着不同的人群，各自航去。大街上，人们漠然地走过，漠然地扬起尘灰，人们来来去去，紧抱各自的命运。她也紧抱着自己的命运，心像那黎明的温暖太阳。

晚年时候，陈敬容坦承，这一次出走，是曹葆华寄的路费。

到了北平，诗人曹葆华和想成为诗人的少女陈敬容开始了新生活。

陈敬容辗转于北京大学和清华大学之间做旁听生。她开始写诗，有些诗作会发表在《北平晨报》上，也有些诗作发表在《大公报》《十月》等报刊上。

"纸窗外风竹切切，'峨眉，峨眉，古幽灵之穴'。是谁，在竹筏上，抚着横笛，吹山头白雪如皓月。"

这首诗，陈敬容写于一九三五年春天。空灵忧伤，思愁绵长。她是想家了吧？

陈敬容在京城的生活并不全是快乐。一意孤行来京城，没有取得家人的同意，等同于自行斩断后路。而前路漫漫，凡事只可仰仗自己。

那时候，陈敬容有时借住在学校，有时寄居友人家，也住过客店般的女子公寓和女青年会会所，过着居无定所的生活。那些日子里，欢乐与痛苦共存，自由与忧愁交织。

如果生活寒凉，是否可以借爱情取暖？

爱情是人世间最靠不住的东西。谁也不知道它什么时候来，更没人知道它什么时候去。它来的时候有多热烈，去的时候就有多冷冽。

曹葆华和陈敬容在京城煲爱情的汤，的确曾煲得热气腾腾、汤醇味浓，但时间一分一秒地过，世事一层一层累积，汤慢慢凉了。谁都不想再加热了，或许谁都无法再加热了，那就倒掉吧。就像一起经历了一场长途旅行，走过繁华，也看见了分歧，一个如山，一个如海，山和海各自存在，那就各奔东西吧，你有你的孤傲，我有我的深蓝。

一九三七年，卢沟桥事变爆发，人们纷纷逃避战火。曹葆华去了延安，陈敬容去了成都。

当初那么渴望同宿同飞的两个人，如今也不过是沉默着歧路各别。

爱情，让它自然地来吧，让它悄然地去吧。来来去去，是非因果，不必深究。

后来的岁月，曹葆华和陈敬容各自曲折，各自悲喜。关于过去，他们只字不提，仿佛从未相识。炉火沉灭在残灰里。

但是，曾经爱过和从来没有爱过毕竟是两回事，就像望着已经没有花朵的枯枝，心里其实知道，有那么一段岁月，那些枝上曾如火烧般开满了花。瞒得过众生，瞒不了自己。

很多时候，越试图去遮掩的，往往是在心底插刺最深、空洞最大的。那根刺埋在体内，即使用尽一生光阴偷偷打磨，依旧无法磨得圆润，依旧无法若无其事。

或许有个人曾一次次回头望，在最年轻的时候，在最多情、最温柔的岁月里，少女轻轻一点头，男子心花怒放。如一杯蔷薇酒倾进咽喉，意态悠悠，雨后湖上青鱼浮游，刹那间瞧见美丽的宇宙。遗憾只是，曾经以为的天长地久，其实不过是萍水相逢。

那一天我和她走海上过，

她给我一贯钥匙和一把锁，

她说："开你心上的门，

让我放进去一颗心！

请你收存，

请你收存。"

今天她叫我再开那扇门，

我的钥匙早丢在海滨。

成天我来海上找寻，

我听到云里的声音——

"要我的心，

要我的心！"

——方玮德《海上的声音》

　　新月派是中国现代新诗史上的一个重要流派，这个诗派大体上又以一九二七年为界，分为前后两个时期。新月派前期代表诗人有闻一多、徐志摩、林徽因、朱湘等，后期翘楚则有陈梦家、方玮德、卞之琳等人。尤其是陈梦家和方玮德，有评论者将他们誉为"新月派后期的双星"。闻一多在一封信中如此称赞陈梦家和方玮德："我曾经给志摩写信说，我捏着把汗夸奖你们——我的两个学生，因为我知道自己绝写不出那样惊心动魄的诗来，即使有了你们那样哀艳凄馨的材料。"他还说，"玮德的文字比梦家来得明澈。"

　　诗歌明澈轻灵的方玮德，一生短暂，只在人间住了二十七个春秋。

方玮德去世后，林徽因写诗悼念："玮德，你真是聪明，早早地让花开过了那顶鲜妍的几朵，就选个这样春天的清晨，挥一挥袖，对着晓天的烟霞走去。轻轻地，轻轻地背向着我们……你却留下永远那么一颗少年人的信心，少年的微笑和悦地洒落在别人的新枝上……玮德，你真是个诗人，你是这般年轻，好像天方放晓，钟刚敲响……"

有人说，诗歌和爱情是诗人的生活方式。这话令我想起俄罗斯那个疯狂的女诗人，她叫玛琳娜·伊万诺夫娜·茨维塔耶娃。女诗人说，在这个尘埃喧嚣的世界，唯一能让人们生命不朽，唯一可引领人们上升的，除了诗歌，就是爱情。她如是说亦如是行，穷尽一生岁月追求爱情，无爱不欢。

方玮德一生虽短，但不曾错过爱情。如飞鸟掠过青空，不曾错过那片有着玫瑰香味的彩云。

陪方玮德完成爱情的是黎宪初。

黎宪初是著名汉语言文字学家黎锦熙的女儿。

一九二八年，清华学校更名为国立清华大学。也是自这一年起，清华大学开始招收女生。首届女生有十个人，黎宪初是其一。

一九三一年末，有一天，方玮德去朋友家参加茶会，座上十多个人，有男有女，有旧友，有新朋。众人煮茗谈诗，妙语横生。

那天，方玮德只对一个人印象深刻：黎宪初。

算来先前也曾遇见不少女子，桃李兰菊，万紫千红，却不过似一江水里青萍逢白石，一个照面后，你浮你的，我沉我的，各自曲折，各自忧欢。但总有一个人，忽然遇上，那感觉真是"与君初相识，犹如故人归"，又所谓"墙头马上遥相顾，一见知君即断肠"。

茶会散去，方玮德归家。

身归，心不归。他的心跟着黎宪初去了。

在床榻上翻来覆去半宿，睡不着，他索性披衣起坐，给九姑方令孺写信。

方令孺也是个了不得的人。新月诗派仅有两位女诗人，其一为林徽因，另一个就是方令孺。方令孺在家中排行第九，是以她家侄辈唤她九姑。到后来，称方令孺为"九姑"的不仅仅是方家人，和方令孺相熟的文友也都尊称她"九姑"。

方玮德给九姑方令孺写信："九姑，糟了，我担心自己今天已爱上一个人。我怎么办？当一次军师，告知我应当怎么办吧。"

爱上一个人，是一件糟糕事吗？

是。

爱上一个人，就意味着你交出了你的国，任由那个人来攻城略地。纵使那个人不动声色、不发一兵，你的城池也已完全沦陷于她。

爱上一个人，你便成了个提线木偶，线等着她来拉，喜忧由她操控。她抛个眼神过来，能令你欢喜得似云雀得了青天；她再抛个眼神，又足够使你忧伤如深沉夜色罩大地。她让你起风你就起风，让你落雨你就落雨。

不管那个人爱不爱你，你已离不开那个人。

这是一件多甜蜜的糟糕事啊。

九姑能给方玮德什么建议呢？她也有自己的一笔感情糊涂账，迟迟结算不清。陷入爱，执于情，谁会比谁英明，谁又能为谁指点迷津？

爱来了，就接着。

方玮德对黎宪初一见倾心，黎宪初却嫌他不够坦诚。

后来，黎宪初向方玮德倾诉，第一次遇见他时，她的心情："我第一次见到你，就觉得你聪明、可爱。我本想就做起甜美的梦来，又仔细一想，觉得玮德那天对于我是一点也不注意的。真的，我觉得是漠不关心的，对于我。于是我扫兴地将那还未做的梦收拾起来，清醒了，我依然度过我悠闲的日子。"

原来方玮德喜欢得很克制，明明心里早已翻江倒海，偏偏面上一副不动声色的样子。这正如一首歌所唱："我想偷偷望呀望一望他，假装欣赏欣赏一瓶花；只能偷偷看呀看一看他，就像正要浏览一幅画。"

怨只怨他遮遮掩掩，看似冷冷清清。

叹也叹他长夜辗转，难捺心潮涌动。

第二次见面，是方玮德邀请黎宪初到家中玩。

他终于勇敢起来。爱如一团燃在心底的火，烧得他实在难耐。她是他的水。他要见她，早早地见她，非见不可。

这回相见，方玮德十分热情。一个青年对一个姑娘所能献出的热情，他一丝不落地都献上了。

黎宪初很受用，一回到自己家，就迫不及待地要给方玮德写信。忽然，她又想，方玮德热情会否只是待客之道？信还是不写了吧，免得沦于自作多情。但她的确喜欢他呀，还是回封信吧，假装只为感谢他盛情款待。

黎宪初字斟句酌，到底写好了信，言不由衷地躲躲闪闪，说着"惭愧叨扰"的话。

收到信，方玮德回了黎宪初一首诗，一首无关痛痒的诗。

黎宪初在那首诗里什么都没咂摸出来，她开始觉得自己傻：为什么要给他写信？他分明无情无义嘛！

不料到了第三天，方玮德又传来一封信，密密麻麻满纸说爱慕。

这封信宛如春风吹，风过山冈，风好甜，黎宪初心底长满了欢喜，开满了花。

一见倾心，再见倾情。如此美好，三生有幸。

张爱玲说，生命是一袭华美的袍，爬满了蚤子。

恋爱亦是一袭爬满蚤子的华袍，看似熠熠，看似璀璨，其实不缺烦恼。

方玮德有首诗如是描述：一个雪夜，诗人去见心上人。到了她家门前，他不叩门，只是抵住风、抵住雪，在她门前徘徊。风卷雪，雪裹人，覆他的发、额头、眼睑。雪落无声，雪裹了他一身白。天地茫茫，他也茫茫。愈思愈悲，泪落如雪，拂了一身还满。最孤独是，他心爱的姑娘睡在门里，他在门外，似能听得见她甜蜜入睡的气息。但门里门外，咫尺天涯。爱呀，哎呀，爱情入了惆怅处，寂寞如雪。

东晋王徽之雪夜乘舟，去剡溪见挚友戴安道。船行一宿，到了戴家门前，王徽之忽又掉头回山阴。造门不前而返，这是为何？王徽之说："本乘兴而行，兴尽而返，何必见戴？"

方玮德没王徽之潇洒。

雪夜，到了心上人的门前，他不肯叩门，又做不到转身走开，只是久久徘徊，久久徘徊。

这大抵是情侣间有了争执后的事。

相爱总是简单，相处难。他有他的性格，她有她的脾气，某事、某言倘有不合，各自使起性子来，难免针尖对麦芒。但再激烈的争执，总会有个人先退后几步，低下头来。这还不是因为那要命的温柔和要命的爱？哎呀，爱呀！

诗人午夜踏雪，去她门前，或许是为向她致歉。却又为何不叩门而入？害羞？

门外，徘徊。夜越深越浓，只有雪是白的。或许有那么一些时刻，他在心里盼望，她忽然心血来潮推门看雪，会发现他在雪中。然而，没有。夜漫长，天地静寂，雪簌簌地落。

没谁知道他何时踏雪而去，就像在天亮后，望着银装素裹的世界，她不会知晓昨夜门外有人徘徊复徘徊。大雪覆盖一切，无痕，无迹，脚步沉重的情郎仿佛不曾来过。

恋人在一起，纵使偶尔红着脸争执，也总是甜蜜更多，怕的是天各一方遥相思。然而生命中总有些到来势不可挡，比如要暗下去的黄昏，比如要亮起来的黎明，比如热闹又冷寂的车站那不舍的拥抱和挥起的双手。

一九三三年一月三日，日军攻陷山海关。兵荒马乱，人心惶惶。为避兵乱，黎宪初离开京城回了故乡湖南。方玮德随其八姑也离开了京城，一路南下，后又辗转去了厦门集美学校教书。

烽火连天，道阻且长，有情人天各一方。

幸好，还能写信，"蓬山此去无多路，青鸟殷勤为探看"。

不幸的是，厦门潮湿溽热，方玮德体弱不支，一九三三年冬因患痔疮住进医院，进行手术割治。据说因痔疮手术不佳，致使结核病菌转移至膀胱，方玮德又患了膀胱结核病。

一九三四年暑假，方玮德去南京休养，同年八月又到上海诊治一个月，病情渐现好转。

此时黎宪初在哪儿？她在战乱里兜兜转转又回了京城。和方玮德的感情缠缠绕绕也快两年了，她终于做出一个决定，和方玮德订婚。

一九三四年九月，方玮德满怀幸福和希望赶赴京城，见黎宪初。彼时暑气未消，抱病在身的方玮德经受不住旅途颠簸劳顿，行至中途，病情又严重了。但人逢喜事精神爽，方玮德看似健康无碍地和黎宪初完成了订婚仪式。

这对男女，他们用订婚这一古老又甜蜜的仪式为他们的爱情缀上第一朵花。关于未来，关于崭新的生活，他们有太多太多憧憬。看看黎宪初写给方玮德的信吧。对，即使同居一城，他们也书信如梭。

"玮德，我告诉你，我有个理想的园地是为玮德与宪初享受的。玮德，静静地听我讲：这个理想的园里没有别人，仅仅玮德和宪初两个人。他们两个人在这园子里静静地听着潺潺流水的声音，闻着四围花草的馨香。前面一望是隐约依稀的远山，抬头一看蔚蓝的天空净得一片云也没有了。不，太净了没意思，还得有几片淡淡的、轻飘飘的云彩点缀在上面。一弯明月挂在树梢，几颗亮晶晶的星星在天空，四周静得只听见流水的潺潺——不，又静得怕人了，还得来点动人的音乐。远远地被一阵阵微风飘送过来，极轻，极美，极幽静，极温柔的音乐，玮德和宪初沉醉在这大自然中了。玮德忽然指着流水说：'我愿做这流水。'宪初说：'我愿做那飘在水上的一片叶子，永远随着流水跑。'玮德又说：'假使那片叶子被岩石绊住不能随着流水走了呢？'宪初答：'于是那片叶子就永远悬在那儿流泪，看着流水带了别的一片叶子跑，泪枯而死。'"

黎宪初只想和方玮德在"理想的园地"散步，生活，一辈子享受彼此，享受又静又慢又温柔的岁月。

倘若这是个童话故事，至此大抵已可收尾，从此王子和公主快乐地生活在他们"理想的园地"，皆大欢喜，永永远远。

很可惜，这不是童话故事。

一九三五年春天，缠绵病榻的方玮德突发高热入医院，高热仍持续不退。

同年五月九日下午，他闭上眼睛，再未睁开。

黎宪初一直在他身边。一整个春天，黎宪初日夜守护未婚夫方玮德。春天去了，方玮德也去了；夏天来了，方玮德不会再来。

黎宪初不肯相信方玮德真的就这样离开了，直到大红绸子蒙到方玮德身上。她触着他身下的冰床，握着他冰凉的手，她用自己的脸温暖他再也暖不热的脸。至此，她才肯缓缓承认，他不是睡熟了，而是死亡封锁了一切。

守在他的灵前，她忍不住时时揭开蒙在他脸上的绸巾，用自己的脸亲近他的脸，他脸上流的都是她的泪。

"玮，我告诉你，你准欢喜，你的全身是我的热泪将你擦净的，你的头发我给你轻轻梳好……你穿着我给你做的一套丝棉裤袄，你一定觉得异常温暖。你不是顶爱我给你写的那些信，你讲过要我放在你的身边，还有我的照片也一起永远依伴你。玮玮，你不会寂寞！"

漫长的告别。

还是到了装殓的时候。黎宪初认为"那班野人"很可恨，他们将方玮德抬入一个可怕的"阴气沉沉的木箱子"里，盖上盖，还嫌不够，又加上钉。一枚枚钉子，锤子一下一下落下去，不是钉在棺上，黎宪初觉得全部钉入了她的心。

"那理想的园地，只剩下我一个人吗？"黎宪初对着没了方玮德的空荡荡的世界，再一次写信给方玮德，"玮，我哭过、痛过，我为拥有你的爱而知足。"

来世上一遭，或许只为和一个人相遇，饮一杯爱情的酒，乘着酒兴大声唱着走一程路。在路上，甜蜜会来，忧愁会来；红的，蓝的；酸的，咸的；不安的，沸腾的。谜一样的，千种颜色，万般滋味，绚烂如梦，尽情沉醉。

有人先离开，如在上帝的盛宴上完成一首诗，悲喜交集；有人留下来，继续行在漫漫长路上。温柔之夜，繁华云烟，清风吹松涛，有时往事如海，有时语焉不详。

曾经拥有，或许足够。

我在热闹场中更感到孤独，
到无人处却并不寂寞，
因为我可以对你私语，
我有那些说不尽的回忆。

记得我拾过你遗下的手帕。
记得我闻过你发上的香味。
记得我们交换过一些红叶。

记得我听过你念书，看过你写字。
记得我们并肩走过百级阶梯，
记得你那时的笑，那时的春衣。

我要喊你的名字却不让你知道。
我要数说你却不怕你生气。
我要对你讲些当面说不出的话。
却不脸红，也不局促，也不忸怩。

——选自金克木《肖像》

那时候，老王还是个少年。

旧时小说里，常这样形容男子的美貌：面如冠玉，唇若抹朱，眉清目朗。这些词用在老王身上也合适得很。美少年老王很招少女们喜欢，但老王只喜欢一个少女，那少女和他青梅竹马。

那时候，老王床头有一面小镜子。其实照镜子这件事，男生和女生一样热爱。我们宿舍的小男生，人人都有一面镜子，每天清晨起床，洗过脸，对镜梳发，左照照，右照照，把自己拾掇得帅帅的，至少自己觉得挺帅的。老王的镜子和其他人的不同，因为老王的镜子背面贴着他心爱少女的照片。爱一个人，真是恨不得全世界都知道。

那时候，其他男生爱打趣老王，笑他看起来刚强硬朗，为爱却成绕指柔。他们笑，老王也笑。恋爱中的少年，笑得一脸温柔。

去年和老王在故乡重逢，说起少年旧事，说起他的镜子，还有镜子后面的少女。老王还是一脸笑，他和当年那个少女结婚多年了呀。这是极好的事。

这个春夜，读金克木《肖像》诗："你的照片做了我的镜子，我俩的面容在那儿合成一个。"忽然就忆起老王的小镜子，还有镜子后面他的小女友的照片。

金克木写《肖像》时多大年纪？资料里看不出。我猜那大抵是金克木情海泅渡、千帆过尽后的事吧。

你看那诗里，金克木如数家珍一样翻阅往昔：记得我拾过你遗下的手帕；记得我闻过你发上的香味；记得我们交换过一些红叶；记得我听过你念书，看过你写字；记得你那时的笑，那时的春衣……

一桩桩旧事，隔了漫长时光去打量，像层层叠叠的日子里飞出了一只只蝴蝶。遗憾只在，蝴蝶再美，终究飞不过沧海。

金克木的情事说来也耐人寻味。

在金克木最年轻时，他曾有一个准女友，名叫卢雪妮。那个时期，金克木的生活里只有卢雪妮一个女子，以她为天，以她为地。但卢雪妮却不一样，即使她和金克木谈婚论嫁，她的表哥待她依然情深，她对表哥也有几分意思。

爱情这东西最为古怪。遇见一人便死心塌地要和那个人相亲相爱一生一世，这是常有的事。也有可能昨日觉得金家公子还好，今日逢着萧家少爷，如梦方醒，原来最爱的人非是姓金，而是萧郎。

有一天，萧乾和卢雪妮相遇。不得了，萧乾爱上了卢雪妮。但萧乾那时候已是有妇之夫，他的妻子叫王树藏，他昵称其为"小树叶"或"小叶子"。

小树叶也好，小叶子也罢，终究只是一树一叶，哪里比得上森林的好？

在萧乾看来，卢雪妮是他突然遭遇的一万公顷的森林。他爱这森林，闯进去，宁愿迷路于此。他倾尽所有能耐去追求卢雪妮。

丈夫爱上了别的女子，王树藏怎么想？萧乾才不去管妻子王树藏怎么想，他只想早早摆脱和王树藏的婚姻，转身去和卢雪妮结姻缘。

萧乾更不会管金克木怎么想，佳人如玉，公子横刀，公平竞争。

卢雪妮呢？她更不管了。被爱的人总是有恃无恐，她一点也不介意再多收割几个多情的骑士。放马来吧，金克木、萧乾，就看你们如何争先恐后地讨我欢心。

世间最难捉摸便是这个"情"字。谁为谁痴情？谁为谁绝情？那些个多情人，谁不称自家最深情？

萧乾铁了心要和王树藏离婚，而卢雪妮有了萧乾的浓烈情意，对金克木更是冷落。

金克木和王树藏双双成了失意人。

说来也巧，兜兜转转中，金克木遇见了王树藏。金克木对王树藏动了心，展开追求。

有人怀疑金克木爱慕王树藏，其实是为了报复，报复萧乾横刀夺走他的卢雪妮。在给沈从文的一封信中，金克木写道：杨刚曾问"是否有报复之意？"自忖实无。

无论金克木是否心存报复，王树藏都不愿给金克木机会。或者说她是不给自己机会，不容自己陷入混乱的情感关系中。她是一个冷静又严肃的女子，离开已不再爱她的萧乾，经沈从文介绍，和一个叫马西林的人结了婚。

得知王树藏和马西林成婚，金克木向沈从文求证，果然不假。金克木说"证实此讯，如释重负"，沈从文却笑了，金克木哪里是"如释重负"，分明是"怅然若失"呀！

那边厢，萧乾最终也没能赢得卢雪妮的心。金克木致信沈从文，说卢雪妮"在日内瓦与使馆中人订婚，或已结婚"。这回金克木大抵真的是如释重负，感慨道："此乃大幸事！"

金克木还对沈从文提及，说曾对卢雪妮"追之十余载"的卢的表兄，已在重庆和一广东女子结了婚。

至此，金克木、卢雪妮、萧乾、王树藏、卢雪妮表兄，这些男女之间的纠缠算是告一段落。

《肖像》一诗，金克木为谁而写？卢雪妮？王树藏？或者另有其人？

《肖像》字里行间爬满暗恋之情，如，"我要喊你的名字却不让你知道；我要数说你却不怕你生气；我要对你讲些当面说不出的话，却不脸红，也不局促，也不忸怩"。又如，"我愿在无人处对着你，看你的迷人的永远的微笑"。

好隐秘的一份浓情蜜意，兴许金克木是写给他少年懵懂时的初恋的呢。

暗恋这件事，最适宜在少年日月里生长了。成年人没工夫暗恋，他们不习惯暗恋，看上了就挥鞭催马长驱直入。成则成矣，败则败矣，无非是要么得偿所愿，要么掉头就走。

年少的欢喜，喜欢的少年，心事最悠长。

在少年时，我曾深深爱慕一个人。我记得那个人所有的好，真疯狂呵，那个人说过的话，每一种笑，甚至那个人遗弃的一个小物件，我都细心收藏，在无人处百般玩味。

你的一生，我只要一晚。你漫长一生中最不珍惜的一个夜晚，若能分给我，足够我一生品尝。哪怕从此孤独终生，我亦心甘情愿。这是少年时对喜欢的人最常许的愿。当然，从未如愿。怎么如愿？

心底暗暗恋慕一个人，想大声呼喊那个人的名字，让全世界都听见。却又从不肯喊出声来，喊不出来。一个人的名字，甜蜜的名字，藏在另一个人心中，多情的心中，似一团火裹在一张纸里。多奇怪，熊熊火焰竟总烧不破那张纸，只是苦了藏火的人。

戴望舒有首诗这样写：说是寂寞的秋的清愁，说是辽远的海的相思，假如有人问我的烦忧，我不敢说出你的名字。我不敢说出你的名字，假如有人问我的烦忧，说是辽远的海的相思，说是寂寞的秋的清愁。

的确的确，一个人的名字种在另一个人的心底，是寂寞的秋的清愁，是辽远的海的相思，又烦又忧又甜蜜。沉默，疯狂，好一种心酸的浪漫。

若能明火执仗，轰轰烈烈去爱一番就好了。

漫长一生里，竟能遇见那么一个好人儿，能有那般心动，其实已足够好了。更何况那个人又出现在那么好的少年岁月里，有那么迷人的、永远的微笑，真是值得歌颂。

被秋光唤起，

孤舟独出，

向湖心亭上凭栏坐。

……

天心一月，

湖心一我。

此时此际，

密密相思，

此意更无人窥破；——

除是疏星几点，

残灯几闪，

流萤几颗。

……

从湖心里，

陡起一丝风，一翦波。

仿佛耳边低叫，道：

深深心事，

要瞒人也瞒不过。

不信呵，

看明明如月，

照见你心中有她一个。

——刘大白《秋夜湖心独坐》

我们爱过
———
就好

天快亮的时候，竟然做了一个梦。

她来了，还有她的儿子。好调皮的一个娃娃，想尽法子折腾，似孙行者闹天宫，不翻天覆地不罢休，我却觉得喜欢。她说娃娃尚未取名，请我给个名字。我笑，不说话。

娃娃在春日的绿草地上奔跑。青草深处有清溪，溪儿浅浅，我们戏水，水底白云蓝天，天上全是风，她春衫飞扬。

梦里时光疯狂，梦外时光更疯狂。那年她十二岁，我也十二岁，我爱慕她皓齿明眸，她喜欢我厚朴天真。十五岁的一个春夜，我用一整夜时间密密麻麻写了三页少年心事。在清晨，趁着早读时的朗朗读书声投进她课桌的抽屉，熬完一个漫长的白日，却等不来半点回音。后来是沉默的暑假，暑假之后是天涯，谁也没有讲再见。

再见已是十年后，深冬，小镇街头。我们的小镇早变了模样，我和她也变了模样。那又怎样？劈面重逢，四目相对，她喊出我的名字，我喊出她的名字，自然得如同呼吸。那天我们还说起十五岁那年的情书，她笑我多情，我笑她无情，笑得餐馆屋檐下的冰凌都化了，笑得我们好像在说别人的故事。

少年多少事，都付笑谈中。

再后来，又是各自天涯，各自曲折喜乐。当年遇见，或许是为后来漫漫岁月里多添几句温柔的笑谈，以及说也说不出、道也道不尽的心酸的浪漫。那些曾经同向的航行后，她的归她，我的归我，原来的归原来，往后的归往后。

只是天亮前的那个梦，来得好古怪。直到梦醒，我都未为那个娃娃取名。好看的娃娃，调皮得真可爱。

一切遥远。江湖犹在，少年远。

冰心有诗云："梦儿是最瞒不过的呵！清清楚楚的，诚诚实实的，告诉了你自己灵魂里的密意和隐忧。"

刘大白异曲同工："深深心事，要瞒人也瞒不过，不信呵，看明明如月，照见你心中有她一个。"

瞒不过，我在心中为她种了多年玫瑰，只是我和她不能收割人们口口传说中的爱情。瞒不过，我在心中为她种了多年红豆，红豆不堪看，满眼相思泪。

红豆，刘大白也有诗说红豆："是谁把心里相思，种成红豆？待我来碾豆成尘，看还有相思没有？"

刘大白的确有一双红豆。

那是一九二四年，江阴人周刚直赠刘大白红豆两枚。周刚直说："此物是我故乡乡间所产。老树一株，死而复苏，现在存活的只有半株。有时不结子，有时结子仅十余粒或百余粒不等。如将此豆作种别栽，又苦于不容易活；即活，也不容易长成；望它结子，更不知须等几何年。所以此物颇不易得，实是珍品。"

如此珍品，刘大白送与妻子何芙霞。

有人说，刘大白和何芙霞相遇在浙江省立第一师范学校。那时，刘大白是教师，何芙霞是学生，他们结识于一场中秋女子赛诗会。

比起沈从文和张兆和那场轰轰烈烈的师生恋，刘大白幸运得多。沈从文为抱得佳人归费尽千辛万苦，而刘大白和何芙霞，二人在汹涌人海劈面相遇，似金风逢着玉露，各自满心欢喜，动情相爱。

可以这样说吧，刘大白爱何芙霞远胜于何芙霞爱刘大白。感情虽不应分胜负或多寡，但一段感情，总有一方之情意要浓密于另一方。用情最深者，往往最苦。还好，当事人陷入其中并不觉得苦。

刘大白为何芙霞写诗，他要让全世界知道自己对她热烈的爱。如《霞底讴歌》，他再三吟咏"霞是最值得讴歌的""她是美和真兼爱的艺术家，能创造种种的画幅，给我以灵肉一致的慰安"。再如，何芙霞寄来的信，信封他不舍得用手指撕，不舍得用剪刀剖，"只是缓缓地轻轻地很仔细地挑开了紫色的信唇"，因为他相信"这信唇里面藏着她秘密的一吻"。他还深信"绿色的邮花"背后，也"藏着她秘密的一吻"。

沉浸于爱的人，在旁观者看来，往往落得几分傻气，或又有矫情，但傻得幸福，矫情得使观者亦受感动。

相爱没过多久，刘大白娶得何芙霞回家。

周刚直赠予刘大白的那双红豆，刘大白给了何芙霞，并写下组诗《双红豆》。其中有云，"豆一双，人一双，红豆双双贮锦囊"。刘大白还叮咛，红豆"似心房，当心房，偎着心房密密藏""相思凭此传""莫教离恨长"。

怎会离恨不长？

也是在一九二四年，刘大白经知名教育家邵力子推荐，受聘于复旦大学任大学部文科教授。只刘大白独自一人前往上海，何芙霞寄住于浙江萧山衙前农村小学。这衙前农村小学是刘大白的好友萧山人沈玄庐创办的，在这儿，何芙霞自然由沈玄庐代为照顾。

不料刘大白走后，何芙霞竟然爱上了衙前小学的一位姓高的教员。

这个坏消息传到刘大白耳中，刘大白心痛难当。但他不想这份情就此结束，殷切希望何芙霞早日迷途知返。寄诗于何芙霞，问："月似当年，人似当年否？"又感慨，"病里春归人别久，不为相思，也为相思瘦。"他说和何芙霞约定的归期"还在耳""也许初三，也许初三四"。唯恐何芙霞负气将信件拆也不拆，刘大白着意在信封上写了"此情不寻常，中有泪千行"。

然而一个人若变了心、移了情，往往心硬如钢铁。昔日如何恩爱，今朝再看，横看竖看皆是不好。人的感情就是如此古怪，爱着时千般万般好，不爱了就是不爱了，曾经爱得多浓烈，或许后来嫌恶就有多深。

刘大白的痴情未能挽回何芙霞出走的心。何芙霞和高姓教员的情事传了出去，舆论哗然。沈玄庐深愧有负好友刘大白之重托，难免要找高姓教员谈话。迫于道义的压力，高教员离职归家，再也没回萧山。何芙霞认为高教员出走错在刘大白，既然她的情人因刘大白而离去，她便也离刘大白而去。

到底到了决裂之时。那么好吧，且收回爱情信物。有人说，那双艳若朱丹的红豆，是刘大白向何芙霞索讨的。谁知道呢？兴许是何芙霞主动归还了。她对他已心怀怨恨，想必也会嫌弃他曾送的所有物件，不如归还，眼不见心不烦。

自古深情多遗恨，万千红豆难讲和。

后来的生活，刘大白仕途通顺，相继出任浙江大学秘书长、南京政府教育部政务次长等职，而何芙霞日子却过得窘迫。也不知经了几许思量，何芙霞又寻到刘大白门前，期望和他破镜重圆。

刘大白没答应，不过他愿意每月汇寄三十元钱接济何芙霞的生活。在那个年月，三十元是个不小的数额。

他当真不爱她了？幽深岁月和曲折过往磨尽了他对她的缱绻情意？

一九二九年底，刘大白辞去公职，悄然回到杭州隐居。

杭州山水好。刘大白和何芙霞当年结婚也是在杭州。

他隐居山水间，谁隐居在他心？

一九三二年春天，刘大白病逝于杭州。

坊间有传闻，停柩治丧时，有一女子从南京来，扶柩哀泣。众人讶然，甚为不解。女子陈言，她是刘大白的情侣。谁人若是不信，且看她锦囊里藏着的那一双红豆。

那女子当然不是何芙霞。

红豆，相思是此物，断肠亦是此物。谁能洞悉世间最动人或最惆怅的爱情秘密？非红豆莫属吧。

再说回刘大白《秋夜湖心独坐》一诗。诗写于一九二一年，此时刘大白和何芙霞已结婚多年，而何芙霞尚未移情别恋。

秋夜，他独自摇一叶舟去湖上，在湖心的亭里独坐到三更。残灯，流萤，疏星，更有飒飒秋风。长空有明月，心有密密相思。相思为谁，深深心事为谁，纵使他不说，他也什么都瞒不了。爱是藏不住的，闭上嘴巴，眼睛也会说出来。哪怕口目皆能守住秘密，皓月照心，一切大白。

这首诗是刘大白写给何芙霞的吧？很多年后，与何芙霞鸳鸯离散后，是否曾有那么一个时候，刘大白翻阅《秋夜湖心独坐》，怀想当年人、当年心，忽然泪落？

最难堪，歌声犹绕耳，清风在侧，恍然发觉琴案已蒙尘，推开窗，满手回忆沙沙作响。

然而曾经爱过终究胜于平生从未聚首。

或许一份爱怎样开始又怎样收尾并不重要，重要的是，绿窗红豆忆前欢，每每回顾皆心暖，如冬夜围炉，似春日沐风，这就好了。就这样好了。

记得早先少年时
大家诚诚恳恳
说一句，是一句

清早上火车站
长街黑暗无行人
卖豆浆的小店冒着热气

从前的日色变得慢
车，马，邮件都慢
一生只够爱一个人

从前的锁也好看
钥匙精美有样子
你锁了，人家就懂了

——木心《从前慢》

从前天上
有云，云
会开花———

𝄐

木心仿佛从遥远的古代里来，裹着一身春秋精神、魏晋风骨、汉唐气韵。他就那么潇潇洒洒地踱着步子，潇潇洒洒地行到人们面前，熠熠生辉，精致又孤独。

初次被木心惊住，是因为《从前慢》。好令人吃惊的一首诗，洋溢着一种平静的欢喜，如临河舀一瓢清水，慢慢地慢慢地从头浇下。再舀一瓢，清的水洗扑满尘灰的身，身子清了起来，轻起来，但不漂浮，双脚结实地立于大地之上。缓慢地想起许多人，许多事。那时日色变得慢，车，马，邮件，都慢。一生只够爱一个人。大家都诚诚恳恳，说一句，是一句。一切都慢，慢出了天长长，地久久。

从前慢，天上有云，云会开花。今人快，川流不息地生活，爱情也陀螺似的转，转着转着没了力气，就倒了。人们说是爱消失了，却不知是太快了。爱情是灵魂深处的呼吸，太快了，喘不过气，自是要倒地身亡。

想念从前的爱情。那时候，要去看心上人，会骑一头小驴子，悠悠然地穿过树林或山脚下的驿道，走上几天几夜。或者乘一条小船，在江心缓缓起伏，披着蓑衣的艄公在月光下忽然唱起歌来。江水宽阔，海鸟轻轻掠过。路那么长，有充裕的时间为每一段路程填一首词。见到心上人，那些长长短短的诗句是最妙的礼物。

也可以像沈从文，乘舟回湘西，刚一离岸，相思就流淌得满江满河都是，他想念留在岸上的离他越来越远的三三。沈先生就给三三写信，在水上写，清晨写，或在午后或黄昏。在任何一个相思汹涌的时刻，铺开纸，拈了笔，听江水拍打船舷，细细诉说寂寞又温暖的思念。回了两次湘西，他写了一捧又一捧绵软的信，任谁看了都读得春心温柔。

写信，投递出去，信笺行了千万里路，到得那个人手上，可人儿眉眼含笑地读，又欢欢喜喜地回信。一封信，从这个人手中，去往那个人手中，或许要用去一朵花开的时间。一个人在信里问，故乡窗前的梅花开了吗？问询时，梅树上刚有花骨朵。当信到达，花都开好了。另一个人就回了信说，今年花开得比去年多，只是看花人少了一个。

如此这般，来来往往，日子慢悠悠地过，慢得真好看。

那时候的日子，慢得好看。风要吹向一朵花，总得等到春天。夏天雨水多，秋天悠长高远，山谷里的旗子在大风中飘扬，满眼金黄。到了冬天，屋后都是白茫茫的雪，黑狗虎子出得门去再回来，它就是条白狗了。偎着炉火，虎子缓缓卧下，雪慢慢地化。门外，雪越落越厚，清晨要费好多力气才可以推开门。

那时候，男人个个威武雄壮，大碗喝酒，红着脸膛拍胸脯，说大山一般的诺言。那时候，女人个个温柔娴淑，笑起来像开得最美的花。那时形容女人如花一点都不觉得俗气，那时赞美任何一个女子，她都会害羞地跑开，又倚门回首，将那青梅嗅。那时候，哪个女人都信任自己的男人，而哪个男人又都很值得自己的女人信任。那时候，人们说了爱，牵了手，就是一辈子的事。

那时候，甚至连等待都是一种缓慢的幸福。

木心一生未婚。或许他一直都在等一个人，或许他怎么都遇不见一个和他一样慢着性子生活的女人。未等到那个人，他不急，款款独行，脚下是温软的云，岁月恬静。或有人慨然想他是个凄凉无告的人，却哪知他满心洪福，款款独行才不致倾溢。

等一个人，有时用尽一生都还不够，又期待来生，或三生三世，生生世世。为一个对的人，为一份至柔至软、至坚至固的爱，那时候人们肯慢慢地等，一点也不觉寂寞。

少年木心，曾与一湖州女孩互通五年书信，等到见面时，却失望了。天晓得她是怎么写出了那些有趣的信？大抵她是秀于心、讷于口吧。但木心到底是觉得失望的。两个人勉强地吃饭、散步，勉强地有个月亮照着。后来，也就没了后来。对待感情，木心是追求极致的，倘若不是最好的，他宁肯不要。

大抵他也曾遇见过一个可人儿，遗憾只是，一个有情，一个无意。他心有不甘地写诗低诉："我愿吻你，你莫畏惧，吻后我便走，不会再来，是故你莫畏惧，让我吻了这次。"到底有没有吻上那张过分诱人的嘴唇，不得而知。

木心晚年，陈丹青问他，你想谁做老婆，给你寻一个？

沉吟一会儿后，木心说，玛丽莲·梦露。

一个玩笑地问，一个玩笑地答，惹人哑然失笑。却也笑着笑着就肃然了：木心到底是极孤独的人。

孤独是人生的修行吧。

追求活出生命美感的人大抵都是孤独的。

所谓美感，是在大家都快的时候，你能慢下来。

慢了，就有美感了。立在岁月的墙下，看花，听雨，赏雪，观月，焚香，抚琴，这些都是温柔且深情的事，这些也都是孤独的样子。因为孤独，所以清明。譬如月下花间独酌，寒江孤舟独钓，又或者独坐幽篁弹琴长啸。那些瞬间是天清地明的孤独，亦有着至真至诚、至缓至慢的美。

像极了爱一个又近又远的人。

总有人在心底藏着一个又近又远的人。明明一抬手就能握住那个人的衣衫，明明一转身就能吻着那个人的蜜唇，明明一出声就能喊出那个人的姓名。可是，明明在眼前的又明明在天边。俗世为门，凡尘是锁，门上的锁好看，钥匙精美有样子，但锁了就是锁了。爱虽是爱着，藏也便一生一世藏着。至深至浓，又无声无息，恍似清早上火车站，卖豆浆的小店冒着热气，而长街黑暗，无行人。

我爱你，也就只是我一个人的事。从来都只是我一个人的事。

日光满山谷，一朵花缓慢地明媚绽放。

默默生长的，在心至柔处的，深深深深的爱，不过似在洁白的宣纸上写下几行诗，窗下静静立着看墨慢慢干爽，墨香弥漫，轻轻嗅。

那诗写："人被思念时，知或不知，已在思念者的怀里。"

| 下 卷 |

此　物　相　思

金剪刀，青丝发，香墨蛮笺亲札。和粉泪，一时封，此情千万重。

垂蓬鬓，尘青镜，已分今生薄命。将远恨，上高楼，寒江天外流。

—— （五代）冯延巳《更漏子·金剪刀》

吻你直到

发上开满

白月光——

有个女子爱着一个男子。她一往情深，他也有情有义，遗憾的是，他们只能默不作声地心动。即使会约着一起吃饭，也只是谈谈工作、说说天气。四目相对时，彼此眼中熠熠跃动的光，灼热，能燃火。可那又怎样？怪只怪相逢恨晚，晚一年，一个月，一天，一个时辰都是晚。在他身边，早有个已相守五年的人。

去横刀夺爱？她做不到。她尝过被人硬生生夺去情侣的苦。能够被夺走的、失去的，都不是最好的，她曾这样宽慰自己。别人可以不守规则，她要守。人人都不守规则，这世界岂不乱了套？多一个守规则的人，世间也必会少一个不守规则的。

而他，他是个心底有坚固的责任感的男子，不肯辜负耳鬓厮磨五年的伴侣。和一个人在一起了，就要一辈子在一起，若喜新厌旧、中途退场，他一生都会鄙弃自己。

所有不合时宜的欢喜都该适可而止，温柔又果断地告别。

她决定离开这个生活了多年的城市，去另一个城市。不再和他相见，一切重新开始。

她是时装设计师，在告别前她为他做了一件衣裳。

那件衣裳穿在他身上真好看。

关于那件衣裳，她藏了一个秘密：剪下自己的一缕发丝，缝进其中一枚布纽扣里。

她曾听过一个古老又神秘的传说：一个人若是藏着另一个人的发丝，那么，即使今生两个人不能在一起，来生纵是转千山绕万水也必会重逢。

既然她和他今生有缘无分，且以青丝为信物，留给他。她只期望，倘若有来生，来生缘分深厚，早早相逢，早早相爱，永永远远不分开。

真是令人心酸的浪漫呀。

世间爱情信物甚多，头发为其一。

头、发，在古人看来同等重要。《孝经》有云："身体发肤受之父母，不敢毁伤。"古时候，一个人犯了罪，剃尽他的头发便是大惩罚，名曰髡刑。

"身体发肤受之父母，不敢毁伤"之说且不去谈，单看世间男女，哪个不希望自己发丝乌黑浓密？因为头发关乎仪容审美，同时，头发也是人的第二性征标志之一。看破红尘者，为僧或为尼，遁入空门要先削发，发丝落尽，意味着此后戒情戒欲。

在古时，男女成婚又称结发。

男子二十岁行冠礼，女子十五岁行笄礼，头发绾髻，表示已成年，可以婚嫁了。是所谓"结发，始成人也"。《礼记》中又云："女子许嫁，缨。"缨是五彩丝绳，女子许嫁之后就系缨束发。"著缨，明有系也。"意思是说，一个女子如果头发上扎了五彩丝绳，就表示这女子有了婚约。"主人（婿）入室，亲脱妇之缨。"这条五彩丝绳，直到洞房花烛夜才由新郎解下。

关于结发的古诗有很多。乐府诗《孔雀东南飞》有云："结发同枕席。"西汉苏武诗云："结发为夫妻，恩爱两不疑。"清朝著名学者陈梦雷《青青河畔草》诗云："结发与君知，相要以终老。"

发丝不及流水长，但那发自肺腑的爱意却深过世间最深的海洋。

在小说或影视作品中，也常见这样的故事情节：相爱的男女不得不别离，临别前，女子剪下一缕青丝，用绢绸裹了，交给男子贴身藏起。青丝轻，情思深沉。心上人啊，今日你要远行，从此山高水长，但你千万要把我记在心间。更盼望你早早策马归来，带着大花轿来，红红喜字红过世间最明艳的花。我们结发同枕席，从此朝朝暮暮，从此柴米油盐，儿女成群，白首终老。

送君一缕青丝，还我一世长情。

据传，有一回，美人杨贵妃惹怒了唐明皇，被罚回杨家闭门思过。有过则改之，怕只怕这一去，一去不能回。杨贵妃哭哭啼啼，但一时也想不出有什么法子可以重新赢得君王心。到了第三天，出现转机，怒气渐消的唐明皇派宫人来探望贵妃。美人聪明，剪下一缕青丝，用五彩丝绳系之，托前来探望的宫人转交唐明皇。她又捎去一话："妾一身所有，皆出皇上所赐。只有身体发肤，受之父母，以此寄谢圣恩，愿勿忘七夕夜半之约。"这个七夕之约，说的是有一年七月七日，唐明皇和杨贵妃在沉香亭盟誓：在天愿作比翼鸟，在地愿为连理枝，生生世世同衾同穴不离分。风流天子唐明皇见着杨贵妃捎来的柔软发丝，思忆前欢，悱恻缠绵。再看看这偌大的皇宫，没了娇软多情的贵妃还真是冷清得不成样子。罢罢罢，传旨，香车步辇速速接贵妃回宫。

也曾听闻另一个故事：某人之妻收拾房间，在抽屉底层发现一撮用绢布包裹的头发。她一下子就辨认出这头发不是她的。那是谁的？一脸憨厚的丈夫嗫嗫嚅嚅地说，是初恋留下的纪念物。妻子醋意大发，怒气腾腾，抛出两个选项：要么发妻从此变前妻，要么初恋的青丝哪儿远丢哪儿去。哎呀，当然是珍惜眼前人最要紧。从前的信物，恍如隔世的爱，都丢去白云外。

头发作为信物，可以昭示一份甜蜜爱情的开始，也可以削发明志为一段苦涩的爱画个一别两宽的句号。

你看那个女子，长发飘飘，眉眼含春，热恋中的人真是要多美有多美。突然有一天，她憔悴了，像一朵被暴风雨袭击过的花。哦，原来是失恋了。喟然长叹息，辗转不能寐，但那又能怎样，破碎了就是破碎了。几场长夜痛哭后，裹好伤口，让旧爱结痂，让去的去。一辈子那么长，谁还没错过一两回？她要开始新生活了。去理发店，毅然剪去长发，这是她送给新生活的礼物。断发，短发，短短长长，长长短短，剪断过去，他曾经的情话、他的谎话，她曾经的信赖和热烈，曾为爱犯过的傻，统统都剪去。发丝在剪刀下轻舞飞扬，她的眼睛越来越明亮。从此以后，她只会更智慧，更坚强，也更美丽。看，她的短发，在阳光下有着冷静的潇洒，又有着灿烂的豁达。

曾经如胶似漆，从此，各自奔天涯，各自曲折，各自悲喜。缘分尽了，谁的手曾穿过谁的长发，谁的心曾给了谁，一捧捧欢笑和泪水都放下。

我也认识这样一个少年，他留着少年人最是喜欢留的长头发，染着少年人最爱染的又最衬得上的那种明亮的黄。哪个少男不善钟情？十七岁那年他狂热地爱着一个和他同龄的少女，在他眼中，全世界她最美，他愿意为她奉献所有。十八岁的时候，他失恋了，真是天塌地陷般的痛苦。但爱情这个东西，在人漫长的一生中，它很重要，却又最是捉摸不定。有时就像一阵风，吹过了就走了，失爱的人再怎么觉得不能承受也无可奈何。悲伤的少年，躲在屋子里独自饮酒，一回回大醉。有一天中午，酒醉醒来，开了窗，初冬的风灌进房间。让风吹，直到墙壁上涂满夕阳，又呆呆地看着夕阳散尽，黑夜袭来。他穿戴整齐，下楼，不是去买酒，而是去理发，剃了个光头。当初染了黄发，只因她喜欢。如今哪，罢了。后来，他一直都留光头。

世间遍地歧路，聚散无常。

青丝三千，人心一瞬。

然而，爱情究竟是好的呀。

错的从来不是爱情，那些在爱情里受过的伤，流过的泪，醉过的酒和失眠长夜，不过是因没在对的时间遇见对的人。

让来的来，让去的去。生活，最重要的是，一直都拥有爱的能力。更要提升爱的智慧，知道接纳什么、拒绝什么，知道如何解决冲突，不抛弃本性取悦他人，不恐惧，保持自信、独立，有随时重启生活的能力和勇气。

爱情，爱情中最重要的是，舒适地做自己。

一对情侣，舒适愉悦地爱着，慢慢老去，真是人间至为浪漫的事了。

在路上，常常遇见白发老先生和白发老太太挽手散步。他们慈眉善目，笑容柔和，不知他们一路走来有着怎样的故事。但望着他们，我们相信，这是爱情最真实也最温暖的模样。

世间最珍贵的爱情信物，是你赠我红颜青丝，我报你白首偕老。人生海海，我们一起度日，不紧不慢，悠悠长长。从眼神清澈到老眼昏花，彼此一直孜孜不倦地爱与被爱。

某夜，月华似水，恰好无睡意，二人闲话。

一个说：今晚月色真美。

一个说：是的。我更喜欢和我一起白头的你，和月色一样美。

嗯，倘若有来生，我还是想吻你，吻你直到你发上开满白月光。

海上蟠桃易熟，人间好月长圆。
惟有挈钗分钿侣，离别常多会面难。
此情须问天。

蜡烛到明垂泪，熏炉尽日生烟。
一点凄凉愁绝意，谩道秦筝有剩弦。
何曾为细传。

——（宋）晏殊《破阵子》

凤　钗
求　簪
凰　发
　　间

陆游和唐琬青梅竹马。

待到情窦开后，二人眉里眼里深情缱绻。

双方父母也觉得二人般配，便寻了个人作媒，为二人订下婚约。

陆游送了唐琬一支凤钗，作为定情物。这凤钗是陆家祖传之物，精美有样子，陆游觉得，凤钗簪在唐琬发间最是好看。

宋高宗绍兴十四年，陆游娶唐琬为妻。这一年，陆游十九岁，唐琬十六岁。

也是在这一年，陆游创作了一首流传千古的咏梅词："驿外断桥边，寂寞开无主。已是黄昏独自愁，更著风和雨。无意苦争春，一任群芳妒。零落成泥碾作尘，只有香如故。"

陆夫人唐琬，人淡如梅，无意与谁争春。她只是个贤淑的小女子，温柔地爱着丈夫陆游：陆游爱作诗填词，她就为他磨墨添香；陆游爱草木虫鱼，她就陪他赏花逛园林。她本也是个深具才情的女子，陪陆游诗词歌赋不在话下。好一对恩爱夫妻，夫唱妇和，鱼水谐欢。

遗憾的是，无意争春，却也遭人妒——原本对唐琬印象甚佳的陆母渐渐心生不满。原因有二：陆母对陆游期望颇高，一直盼着陆游能考取功名光宗耀祖，不料陆游婚后沉溺温柔乡，一副不思进取的模样。陆母认为，唐琬没尽到"相夫"之责，实在是个不合格的妻子。不能"相夫"，那么"教子"呢？唐琬无子可教——结婚后，唐琬的肚子迟迟不见动静。相夫不成，耽搁的是功名前程；不生育，误的是陆家香火延续。人生两桩大事，这个儿媳妇都做得糟糕，陆母失望透了。

有一天，陆母对儿子陆游下达指令：休掉唐琬，另寻贤妻。

陆游不情愿。

但陆母心意坚决：非休不可。

是要做个有担当的丈夫，还是做个不违母命的孝子？陆游选择了后者。

一纸休书，了结从前万千恩爱。绍兴十五年，唐琬黯然离开陆家。去年来时欢天喜地，今日去时马滑霜浓。姻缘花落。

在那时候，对女人来说，夫家给的休书堪比断肠药，是能要命的。夫家的门关上了，回娘家的路也并不好走，捏着休书的女人不啻被这世界鄙弃的孤儿，无人可依偎，无处可安歇。

唐琬尚属幸运，回娘家后，家人又为她觅到一个夫婿——赵士程。这赵士程虽比不上陆游有文采，但比陆游深情，他待唐琬万分温柔。

倘若故事到此结束，也算得是岁月静好了。遗憾的是，人间悲剧，草蛇灰线，马迹蛛丝，隐于不言，细入无间。

有一年春天，陆游去沈园赏玩。巧得很，那日赵士程和妻子唐琬也去了沈园。万花丛中，劈面相逢，旧情人红了眼睛。

为这一回相遇，怅然若失的陆游在沈园墙壁上挥毫题下《钗头凤·红酥手》："红酥手，黄縢酒。满城春色宫墙柳。东风恶，欢情薄。一怀愁绪，几年离索。错，错，错。春如旧，人空瘦。泪痕红浥鲛绡透。桃花落，闲池阁。山盟虽在，锦书难托。莫，莫，莫。"

次年春天，唐琬重游沈园，曲径回廊间，瞥见陆游所题《钗头凤·红酥手》，心生悲戚。从前种种，譬如昨日死，却又于今日生。呀，真要命！

唐琬和词一阕："世情薄，人情恶，雨送黄昏花易落。晓风干，泪痕残。欲笺心事，独语斜阑。难，难，难。人成各，今非昨，病魂常似秋千索。角声寒，夜阑珊。怕人寻问，咽泪装欢。瞒，瞒，瞒。"

说"一怀愁绪"的未必真个愁绪一怀，而道"病魂常似秋千索"的却真个积忧成疾。

唐琬感慨过"难难难"，没多久便郁郁而终。

游园惊梦，钗头凤落。姹紫嫣红，氤氲朦胧。

钗头凤，即凤头钗，又简称凤钗，是古代女子插在发髻上的首饰。

古时女子十五行笄礼，称"及笄"，以示成年，可婚嫁。笄是束发盘髻之工具。秦汉之后，"笄"改称为"簪"。《辞海》中说：簪，古人用来插定发髻或连冠于发的一种长针。可用金属、兽骨、玉、石或竹、木制造。

簪为单股插针，而钗是簪的变体，多为双股。

簪首有垂珠坠饰者，名为"步摇"，多为金质，上缀珠玉，人行则摇曳生姿。白居易《长恨歌》有"云鬓花颜金步摇"之句。

钗首雕凤，是为"凤头钗"或"钗头凤"。也有在钗首雕飞燕，是为"钗燕"。

古代仕女的经典意象便是"钗光鬓影""玉钗横斜"。有诗云："宝钗长欲坠香肩，此时模样不禁怜。"

金、玉、银或铜，或者荆枝，都可用来制钗。

金钗最为昂贵，富贵人家的女儿多用此物。韩愈《酒中留上襄阳李相公》中写道："银烛未销窗送曙，金钗半醉座添春。"看，天快亮了，夜宴未散，簪着金钗的女子醉意醺然，烛光下的醉美人，似春花绽放，华室生辉。

玉钗或金玉合成之钗，也多为富家小姐的饰物。

银钗就颇为普遍了。唐朝诗人张建封有《竞渡歌》一诗，说是端午节龙舟竞渡，健儿们水上行舟，姑娘们在岸上观赏，"两岸罗衣扑鼻香，银钗照日如霜刃"。灿烂日光照耀着姑娘们发髻上的银钗，明晃晃，白花花，如霜如雪。

有人用不起金钗、玉钗或银钗，没关系，最舒适的生活态度是量力而行，有什么用什么。金钗银钗都去吧，铜钗其实也挺美。

"贫女铜钗惜于玉，失却来寻一日哭。嫁时女伴与作妆，头戴此钗如凤凰。"一个女子不小心弄丢了铜钗，流着眼泪用去一整天时间细细寻找。那支铜钗是好姐妹赠送的，出嫁那天,她戴着,美如凤凰。而今,寄寓着闺密深情的弥足珍贵的美丽铜钗丢了,甭提有多难过了。她要找回来,她能找得回。

荆枝亦可作钗。荆条是一种落叶灌木,性强健,枝条坚韧,似那生活于社会底层的人,无论经受怎样的磨难都不丢失活下去的力量。贫寒人家的女子,折来荆枝作钗,插于发间,也是美的。"荆钗不直钱,衣上无真珠。"爱美之心很值钱,贵于珍珠。笑整荆钗布裙,景色虽不艳丽,气度自是风雅。

簪也好,钗也罢,都可以作为情侣间的定情信物。尤其是钗,钗有双股,一支完整的钗寓意成双成对,实在是传情达意的妙物。

男子送簪钗给心爱的姑娘,或者姑娘取自己的簪钗送给心仪的男子,彼此盟誓:善藏宝钗,早结白头。

唐传奇小说《长恨歌传》中说:"定情之夕,授金钗钿合以固之。"又云,"指碧衣取金钗钿合,各析其半,授使者。"白居易《长恨歌》亦云:"唯将旧物表深情,钿合金钗寄将去。钗留一股合一扇,钗擘黄金合分钿。但教心似金钿坚,天上人间会相见。"这都是在说,唐明皇与杨贵妃以金钗诉衷情。

明朝兰陵笑笑生所著《金瓶梅》中多处写到簪子。西门庆与潘金莲第一次幽会，西门庆从头上拔下一支金头银簪，为潘金莲插在云髻上。又有一回，二人相会，潘金莲从西门庆头上拔下一支簪，见簪子上钑着一溜字：金勒马嘶芳草地，玉楼人醉杏花天。潘金莲猜出是孟玉楼送西门庆的，不由得醋意大发。嗔骂西门庆几句后，潘金莲也送了西门庆一支并蒂莲簪子，簪子上钑诗一首：奴有并头莲，赠与君关鬓。凡事同头上，切勿轻相弃。

有时，好端端的一支钗，情人一折为二，各藏其一。那多是在离别之时。

月有圆缺，人有聚散。总有一些时候，最亲密的人儿站在了岔路口，一个要远行，另一个却不能相随。此间一别，何日重逢？离别的人执手相看泪眼，欲说还休，欲说还休。时光从不等人，不容依依不舍地漫长告别，车马在催，舟子在催。女子从发间摘下宝钗，折成两股，一股紧攥在自个儿手心里，另一股艰难地放在情郎掌中，千叮咛万嘱咐：情郎啊，钗分两股，你一我一，无论你去哪里我都在这里等你，等你早早归来，宝钗合，人团圆。

只是苦了别后的日子，良辰美景虚设，纵有千种风情也无人可说。只恨不似江楼月，南北东西，只有相随无别离。又恨彼此太似江楼月，暂满还亏，团圆总似遥遥无期。

叹人间，为何有别离，勾起爱人热泪？

古龙小说《七种武器》中，有种武器名为"离别钩"。何谓离别钩？"这柄钩，无论钩住什么都会造成离别。如果它钩住你的手，你的手就要和腕离别；如果它钩住你的脚，你的脚就要和腿离别。"

离别钩的主人名叫杨铮。爱他的女子问："你为什么要用如此残酷的武器？"答："因为我不愿被人强迫与我所爱的人离别。"女子明白了："你用离别钩，只不过为了要相聚。"

离别，或许是为了更好的相聚。若无别后相思似江水日夜东流无歇，怎知那个人对你有多重要？尝尽别时忧苦，自会更为迷恋聚时欢颜。

愿世间所有离别的人都走在重逢的路上。

就像世间所有的钗都遇见一双温柔手，钗衔云发，女子娟好。

又像天上有凤就有凰，水中有鸳就有鸯，凤凰盈盈，鸳鸯灿灿，人间春意满。

凤城连夜九门通，帝女皇妃出汉宫。

千乘宝莲珠箔卷，万条银烛碧纱笼。

歌声缓过青楼月，香霭潜来紫陌风。

长乐晓钟归骑后，遗簪堕珥满街中。

——（唐）袁不约《长安夜游》

耳
上
明
珠

缠
绵
意
——

哪个女子的妆盒里没几副耳饰？

不唯女子，古代男子也戴耳饰。

古时男子佩戴耳饰，其一名曰充耳。《诗经·卫风·淇
奥》云："有匪君子，充耳琇莹，会弁如星。"琇莹，像玉
一样的美石；弁，古时的一种帽子；充耳，帽子上的一种饰
物。古代男子冠帽两侧各系一条丝带，在耳边打个圆结，圆
结中穿上一块玉石，因为圆结和玉石正好垂在耳朵旁，故称
"充耳"。古人休息时，有时会将充耳塞入耳中，以避声
音，不受干扰。成语"充耳不闻"即由此而来。"有匪君
子，充耳琇莹，会弁如星"的意思是，文采风流的美男子，
良玉充耳晶莹圆润，缀在帽子上如同明星闪耀。

《诗经·齐风·著》又有云："俟我于著乎而。充耳以素乎而，尚之以琼华乎而。"什么意思呢？大喜之日，亲戚朋友、左邻右舍济济一堂都在叹赏新娘的容貌，而新娘对此并不关心。她的目光如飞鸟穿越人群栖落在新郎身上，新郎正站在屏风前恭候她进入新房。她多想把新郎看仔细，但在众目睽睽之下，她又羞于抬头仔细瞧，只能低头用眼角余光瞟一眼新郎。哪里能看得清新郎的脸呢？只见她的郎，冠帽上垂着洁白丝绦，丝绦上充耳明亮。充耳晃呀晃，新娘神摇心荡。

充耳并非只有男子佩戴，女子亦可。

《诗经·鄘风·君子偕老》云："玼兮玼兮，其之翟也。鬒发如云，不屑髢也；玉之瑱也，象之揥也，扬且之皙也。胡然而天也？胡然而帝也？"瑱，即是耳瑱，类似充耳。这几句诗是写美人宣姜嫁卫宣公时的鲜艳绚丽：那天，她身穿绣有山鸡图案又缀满绚烂美玉的象服，乌发如云，珠玉耳瑱，象牙发针，额头白皙动人，似神女从天降，如天仙下凡尘。

女子的耳饰不惟耳瑱，可谓五花八门，因材质不同或戴法不同，称呼亦不一样，比如玦、珥、珰等。

大体来说，耳饰多用金属制作，或用玉石，也有木制或其他硬物料制作的。耳饰又可分为耳环、耳钉和耳坠三种。

女子戴耳饰一般都要先在耳朵上穿洞，耳环和耳钉通常是和耳洞直接接触，耳坠往往是指有下垂饰物的耳饰。

人们说起耳饰，通常又以"耳环"概之。

女子为何戴耳环？

起初，戴耳环并非是为装饰。耳环，谐音"儿还"。俗话说，不上花轿不扎耳朵眼。女子上轿出嫁前夕，穿耳洞，戴耳环，寓意父母嘱咐、盼望女儿嫁人后要记得常回娘家看看。

还有个说法是，在远古，人们聚族而居——聚族而居的本意是许多家庭聚集在一起；"族"原指盛箭矢的袋子，把许多支矢装在一起叫"族"，聚族而居，饮食男女是非多，比如男女私通。人本性自私，两性情感更是不能大度无私。男女关系若有不雅之举，乱了分寸，难免要引起纠纷，甚或引发争斗。为了安定团结，有人想出一个法子，做两个又大又重的金属环，戴在已婚女子耳上，表明女子已有夫君，纵使她姿容再美，其他男子也不要再生非礼之心，否则将受族规严惩。

后来，原本起警戒之用的耳上笨重的金属环，逐渐演变成有妆饰之效的精致耳环。

古人对于耳瑱的解释，也呼应了这个说法。东汉经学家刘熙著有《释名》一书。"晰名物之殊，辨典礼之异"：大千世界，万物纷呈，其名各异。百姓大众呼物品而欲究其得名之由，适应这种需求，刘熙就写了专门探求事物名源的《释名》。《释名·释首饰》中如此解释耳瑱："瑱，镇也。悬当耳旁，不欲使人妄听，自镇重也。"由此看来，古人佩戴耳瑱或充耳，本意是在自警，有所闻有所不闻，有所为有所不为，言语、德行要谨慎稳重。

关于戴耳环还有一个传说：那是很久以前的事了，有个姑娘害了眼病，双目渐渐失明。一天，姑娘的父母为她请来一位名医。不愧是名医，他取一柄银针在姑娘两侧耳垂上各刺一针，姑娘便重见光明。再次望见太阳，见阳光普照万物，姑娘无比感激，为铭记名医之恩，她请铁匠打造了一对圆环戴在耳上。更妙的是，戴上耳环后，姑娘更加秀美俊俏了。穿耳戴环可明目，又可变美，何乐而不为？于是其他人家的姑娘和妇人也纷纷穿耳戴环，渐成习俗，世代流传。

戴耳环，真是美得有理有据。

耳环妆扮女儿颜，耳环还能传达儿女情。

古诗词中，耳环又被称为"明珠"或"明珰"。曾任曹操丞相主簿的繁钦有乐府五言《定情诗》一首，诗中云："何以致区区？耳中双明珠。"用什么来表达我这柔肠百转的细细情思呢，就赠你一双耳环吧，伴你朝朝暮暮。

曹操之子曹植《洛神赋》亦有云："无微情以效爱兮，献江南之明珰。"洛神和曹植作别，送曹植一副耳环，以示自己"虽潜处于太阴，长寄心于君王"。

更为人熟知的是唐朝张籍的《节妇吟》："君知妾有夫，赠妾双明珠。感君缠绵意，系在红罗襦。妾家高楼连苑起，良人持戟明光里。知君用心如日月，事夫誓拟同生死。还君明珠双泪垂，恨不相逢未嫁时。"

男子明知女子有夫，但爱情来了，激情澎湃的心如何克制？他送她一对耳环。她接受，心中情潮翻涌。万千爱慕，竭力瞒藏。他送的耳环，她不能大大方方地戴在耳上，只悄悄系于红罗短襦。也不知用了多少个日夜左右思量，她终于下决心，将耳环还给那个男子。纵使明知他心意，也明知自己同样爱意滚烫，可她是有夫之妇，夫君深爱，她怎忍辜负？再见那个男子，口未开，泪先流。一双耳环，一双伤心人。罢罢罢，若有恨，恨只恨，相逢太晚。耳环，请君收回，从此一东一西，莫痴莫念莫相见，仿佛不曾相遇。

一句"恨不相逢未嫁时"，招惹多少缘聚缘散热泪。

世间有三重憾事：一重是，心悦君兮君不知；二重是，恨不相逢未嫁时；三重是，人生若只如初见。一重憾事一重门，愿有情人皆不得此门。

那句"还君明珠双泪垂"倒也另有一个故事，故事主角是曾被誉为"现代武侠小说之王"的还珠楼主。

还珠楼主原名李寿民，幼年家境优裕。但其少年时父亲去世，家道中落，随母亲流落苏州，清贫度日。在苏州，他结识一个叫文珠的少女，长他三岁。文珠性情温柔，弹得一手好琵琶，天长日久相处，彼此爱意滋长。可是人生呀，男女爱情，有时让人笃信地久天长，有时让人肝肠寸断。二十二岁那年，迫于生计，他远走天津当差。别后，有情人书来信往，殷勤互诉衷肠。那是战乱年代，人人命运都似马蹄下的泥，命运一扬蹄，泥或许就被甩到不知名处。有一天，文珠堕入烟花巷的消息传到天津李寿民那儿，他之悲伤无以言喻。后来，他从文，创作武侠小说，取笔名"还珠楼主"，借意"还君明珠双泪垂"。有一部名为《女侠夜明珠》的小说，便是还珠楼主为初恋文珠而著。

初恋恰似一道明媚的伤口，黑暗中她的嘴唇，他亲吻过的纯洁的伤口。

世间男女，不怕相遇，怕的是可遇而不可得；不怕情深，怕的是情深而缘浅。

若世间所有爱恋，都如女子耳上环，无尽风情，无尽依偎，该多好。

轻匀两脸花，淡扫双眉柳。

会写锦笺时，学弄朱弦后。

今春玉钏宽，昨夜罗裙皱。

无计奈情何，且醉金杯酒。

——（宋）晏几道《生查子》

钏绾岁月
成歌 ——
◗

《红楼梦》中有个叫金钏儿的丫鬟，因和贾宝玉调笑，一句话不妥，被王夫人掌了几个嘴巴子，逐出门去。金钏儿甚觉羞辱，投井自尽。

金钏儿，人如其名，性格活泼又刚烈。那又怎样？她的生活由不得自己来安排。在古代，丫鬟对于主人来说，不过是个会说话、有回应的工具，可以随意使唤又可以随意厌弃。金钏儿以饰物为名，其命运并不如一件金饰。

钏，古代女子的一种饰物。

中国第一部俗语词辞书《通俗文》如此解释"钏"："环臂谓之钏。"也就是说，钏是一种环绕于手臂的饰物，钏又有臂钏和腕钏之分。臂钏就是戴在上臂的环形首饰，又称臂环或缠臂金；腕钏类似于手镯。

"钏"字从"金"，可见在古代钏多为金属制。"钏"字又从"川"，"川"字象形，描摹出了钏的形状。大体而言，钏这种用金属制成的饰物，螺旋状缠绕于手臂，或绕三圈，或五圈，或八圈，或十多圈，从各个角度看，都是数道圆环，圆环连绵，像河川千回百转。

博学善文的北宋科学家沈括在《梦溪笔谈》中对臂钏的形状有记载，他说："余又尝过金陵，人有发六朝陵寝，得古物甚多。余曾见一玉臂钗，两头施转关，可以屈伸；合之令圆，仅于无缝，为九龙绕之，功侔鬼神。"

沈括所言"臂钗"便是指臂钏。由沈括所谈可见，臂钏设有扣环、活轴等可供自由开合的部件，方便戴取。

女子所用之物，自然是要极尽精致。

臂钏上往往饰有花纹，雕着美丽纹样的臂钏称为"花钏"，素净无纹的则称为"素钏"。明朝权臣严嵩被明世宗抄家时，所收没财产中有"金花钏一十件，共重七十四两二钱；金素钏四件，共重二十七两三钱五分"。

花钏也好，素钏也罢；金的也好，银的也罢，取之有道最好。据史书记载，唐肃宗上元二年，剑南节度使段子璋举兵叛乱，西川节度使崔光远率部平乱，擒杀段子璋。崔光远立下大功，本应重奖，唐肃宗却将他投入狱中。为何？崔光远的部将在平乱途中对老百姓烧杀抢掠，见到戴金银臂钏的女子，便残暴地砍下女子手臂，取走饰物。卿本英雄，奈何做贼？崔光远虽然没有亲身参与掠夺之事，但他治下无方，罪不可逭。崔光远在狱中郁郁而终。

　　臂钏配佳人，入了诗词更见其可爱。

　　晚唐五代词人牛峤《女冠子》词云："锦江烟水，卓女烧春浓美。小檀霞，绣带芙蓉帐，金钗芍药花。额黄侵腻发，臂钏透红纱。柳暗莺啼处，认郎家。"春天来了，锦江之上清风无际，碧水笼烟。比锦江春色更美的是多情的蜀女。你看她，脸红得像饮了烧春酒，额头贴花黄，乌发抹油簪金钗，又戴一朵芍药花。还有，她一袭粉红纱裙，金灿灿的臂钏透过薄纱隐约可见。妆扮这么漂亮，是要去哪儿呢？去见情郎。情郎家在何处？就在那柳暗莺啼处。

　　和牛峤同时期的一个叫和凝的词人，也写过臂钏佳人："银字笙寒调正长，水纹簟冷画屏凉。玉腕重因金扼臂，淡梳妆。几度试香纤手暖，一回尝酒绛唇光。伴弄红丝蝇拂子，打檀郎。"这是秋天，床上竹席已起凉意。秋风起，连笙管吹出的曲子都显得格外清长。化了淡妆的少妇，臂上戴着漂亮的臂钏，一次次伸出玉手去试香炉是否还暖。她的郎君在饮酒，还劝她也饮几杯。郎君说了一句什么话呢，竟逗恼了少妇，她拿起红丝蝇拂，娇嗔着作势要敲打他。

苏东坡笔下的睡美人也可爱得很："夜来春睡浓于酒，压褊佳人缠臂金。"有位佳人，睡前饮了几杯酒，春夜泛着酒香。佳人微醺，酣然入眠。夜长可有梦，梦中谁人来？或许臂钏最知佳人细密心意。钏缠臂，臂绕钏，钏儿扁扁闲梦远，一枕妩媚，春思无限。

元末明初诗人杨维桢诗云："美人睡起袒蝉纱，照见臂钗红肉影。"这和苏东坡的臂钏睡美人有相近之妙处了。

臂钏不仅是女子的饰物，还可以作为爱情信物。

东汉诗人繁钦在《定情诗》中写了许多爱情信物，比如香囊、戒指等等，臂钏也是其一。诗云："何以致拳拳？绾臂双金环。"绾臂金环，即臂钏。郎情妾意，拳拳心，殷殷情，如何表达呢？情郎赠了姑娘一副臂钏。钏绕玉臂，仿佛拥抱无处不在，暖暖的，甜甜的。

姑娘也可以将自己的臂钏赠送情郎。贴身物，送与贴心人。钏环连绵，朝暮晨昏，相思无尽。

有所爱，有所念，是好的，但爱和思念往往又令人憔悴。

"调朱弄粉总无心，瘦觉宽馀缠臂金。别后大拼憔悴损，思情未抵此情深。"

这是宋朝女词人朱淑真所作的《恨别》。

朱淑真文词清婉，情致缠绵，后人称她为"红艳诗人"，其作品艺术成就颇高，后世又常将她和李清照相提并论。文坛齐名的李朱二人，婚姻生活都称不上圆满顺遂。朱淑真的丈夫是一个俗不可耐的小官吏，受不了他的俗，婚后不久，朱淑真索性就住回了娘家。有史学家考证说，朱淑真后来又爱上了别的男子，爱得隐秘又辛苦。

《恨别》写的是离愁：和情人分别后，她连调朱弄粉、对镜梳妆的心思都没了，人因思念瘦，戴在玉臂上的臂钏一日比一日宽松。臂钏是情人所赠，她舍不得取下，就那般松脱脱地戴着，从早到晚呆愣愣地瞅着，睹物思人，朝暮伤怀。

信物这东西，得意时如锦上花，看一回快活一回；失意时似身上疤，望一遍伤心一遍。

爱情就是这样吧，伤怀有时，欢欣有时。

生活就是这样吧，苦乐相间。

前路漫漫，何以解忧？唯有勇敢。所谓勇敢，就是看清生活的真相之后，依然热爱生活。

唯勇敢与爱，能照亮所有黯淡的日子，抚慰所有迷惘和烦忧。

永远不拒绝爱，哪怕爱明天让你遍体鳞伤。

永远心怀热爱和期许，永远相信美好的事情即将发生。

看这一对人儿，爱得多深婉又明亮："今宵月好来同看。月未落、人还散。把手留连帘儿畔。含羞和恨转娇盼。恁花映春风面。相思不用宽金钏。也不用、多情似玉燕。问取婵娟学长远。不必清光夜夜见。但莫负、团圆愿。"这是北宋词人毛滂的《青玉案》。词意温柔明媚：今夜月色真好，只因和你同看。春风柔软多情，花前蜜语甜言。天大地大，惟愿与你，朝暮晨昏，安然长远。

最好的爱情，是熬得住柔肠百转的相思，又落得进柴米油盐的日常。也唯有如此，定情信物才有意义。

"山上层层桃李花，云间烟火是人家。银钏金钗来负水，长刀短笠去烧畲。"山上桃花开了，李花也在开着，花木深处，炊烟袅袅。戴着银钏金钗的女子担水煮饭，男子长刀短笠去烧荒播种。多么生动明亮的烟火生活，虽然是柴米油盐的平淡，却也是最经得起咀嚼的浪漫，简单，浓厚，平实，热烈，淡如水，美如画。

一日三餐，热气腾腾；三餐四季，两人一生。世俗日常，朴素动人。所谓人间美好，大抵如斯矣。

前度相逢一似曾，
瘦宽金镯可怜生。
绿窗朱户如无恙，
酌我百杯秋月明。

——白玉蟾《张楼》

一
镯
一
生

◗

康熙年间，湖南有个姓于的书生，闲来游玩潮州。

那时候，潮州风月繁华，有个叫俞蛟的清朝人曾写过一本《潮嘉风月记》记述潮州青楼艺妓诸事。书中云："潮郡连疆，地邻瀛海，彻夜之笙歌叠奏，拨丝弦而惊起潜鳞；侵晨之纷黛皆香，笼蝉鬓而艳留碧浪。"又云，"绣帏画舫，鳞接水次；月夕花朝，鬓影流香；歌声戛玉，繁华气象，百倍秦淮。"

湖南的于姓书生来到潮州，沉醉于鬓影流香间，和潮州名妓钟盈盈情投意合。正你侬我侬心热如火之时，书生家中来信了，说他在京城为官的父亲被人诬陷下狱。父亲身陷囹圄，书生哪还有心情花前月下卿卿我我？他匆匆忙忙作别盈盈，奔赴京城。

那时候交通不便利，除了舟船就是车马。书生从潮州赶往京城，足足用了三个月。等他抵达时，父亲已冤死牢中。

书生怒不可遏，发誓一定要为父报仇，杀掉那个陷害他父亲的官员。

一介书生，手无缚鸡之力，要报血海深仇，谈何容易？

书生费尽心思觅得一个机会潜入那官员的府邸，只可惜人家当他是小偷，痛殴一顿，将他丢出门外。

又苦等一些时日，书生得到消息，那官员迁调到江宁府（今南京）任职。能不能在官员赴任的路上将其刺杀？书生认为有可能。但刺客不是谁想做就能做的，至少书生还没那种手段。一路追踪官员到江宁府，书生都没寻到机会行刺。

书生不死心，就一边去秦淮河上划船谋生一边找寻刺杀官员的机会。

有一天，河岸上有人呼船载客。书生靠岸一看，对面人竟是钟盈盈。

旧情人相见，执手相看泪眼，倾诉衷肠。得悉书生之遭遇，钟盈盈叹道："公子孤身一人，身骨又如此单薄，怎能做得了聂政、荆轲那样的刺客呢？"

书生傲然回应，今日刺杀不成，还有明日，明日不成，还有明日的明日。他余生只为斩杀那官员，否则死不瞑目。

钟盈盈闻言，连连叹息。

此番重逢，叙旧归叙旧，伤心归伤心，大家终归要各走各路，各去为自己的生活奔忙。书生摆渡钟盈盈去河对岸，惘然道别。钟盈盈从手腕上摘下玉镯，拉过书生的手，轻轻放在他掌心。书生张了张口，想说什么，却半晌没说出话来，只把玉镯揣进怀里，转身撑船离去。

又几日后，书生得知一个消息，恍若当头一棒：钟盈盈嫁人做妾，她要嫁的人正是书生一路追杀的那个官员。

书生心中悲凉岂是三言两语所能描摹？

又数日，江宁府人人传说，官员暴亡家中。

仵作查明，官员饮食中被投毒。

犯案者是谁？新纳小妾钟盈盈。

城中闲人茶余饭后嚼此话根，谁都想不透彻，如花似玉的美人为何会痛下杀手？

书生此时却回过神来。

情人何曾负他？当日她褪镯送他，原是无言诀别。

可叹的是，他收下玉镯，只想着日后窘迫时可以卖掉镯子换几个钱。

钟盈盈要了官员的命，也为此丢了自己的命。

那日在法场，书生一袭白衣来送行。

书生跪拜钟盈盈，叩头不绝，直至气尽。

这是《清代声色志》中记载的事。

一只镯，两人心。

两人心，一镯绕。

手镯，是人类最古老的饰品之一，自古以来也是女性的重要腕饰。

旧石器时代出土的物品中，便有陶环、石镯等。殷商之时，有了金镯、玉镯。据史料所载，在战国之前，镯子多为贵族佩戴。西汉后，普通人家的女子也盛行戴镯，且镯子质地有了很多变化，玉镯自不必说，各种金属材料的也层出不穷。

《全唐诗话》中记载，有一天，唐文宗在延英殿考问群臣："古诗云，'轻衫衬跳脱'。有谁知道'跳脱'是什么？"臣子相顾无言。唐文宗说："'跳脱'就是今人所佩戴的'腕钏'呀。"

钏是环形饰品，戴在臂上的为臂钏，戴于腕上的称腕钏，也就是手镯。

东汉繁钦《定情诗》云："何以致契阔？绕腕双跳脱。"曹雪芹《红楼梦》中，薛宝钗也有诗句提及跳脱："淡淡神会风前影，跳脱秋生腕底香。"

"跳脱"或"镯"，这两个名称都有意趣。容易跳脱的，戴在腕上就跳不脱了；而"镯"，谐音"着"或"住"，着在腕上或住在腕上，使之牢固。

最初，手镯并非只是单纯的装饰功用，往往还带有神秘的宗教色彩。四川成都一座晚唐墓中曾出土一个空心银镯，镯里竟装有一张印有佛教经咒的薄纸。显然，这并非墓主人的偶然行为。纸上写着什么经、什么咒呢？清朝末年，英国考古学家奥雷尔·斯坦因借考察之名，曾从敦煌莫高窟藏经洞盗走大量文物。其中便有一张类似的宋代经咒印本，上面印着："若有人持此神咒者，所在得胜。若有能书写带在头者、若在臂者，是人能成一切善事，最胜清净。为诸天龙王之拥护，又为诸佛菩萨之所忆念。"原来，空心银镯藏经咒是为驱凶辟邪、祈愿祝福。

在蒲松龄笔下，手镯可祈佑平安，更是男女情爱相赠之物。书生吴青庵和"非常人"白于玉交好，一日，入梦，去广寒宫寻白于玉。有朋自远方来，不亦说乎？白于玉招来四个佳人服侍左右。俗谚云，赴宴不吃肉，不如在家瘦。吴青庵向白于玉请求，可否赐个佳人"令我真个销魂"？主遂客愿。吴青庵得以和一紫衣女郎尝衾枕之爱极尽绸缪。缠绵后，书生意犹未尽，向紫衣女索要纪念物。紫衣女褪了金手镯送他。男女欢爱，以手镯为信。也是这手镯，后来救吴家脱离火光之灾。

南朝梁陶弘景在《真诰·运象篇第一》也有一说：九嶷山中得道仙女罗郁，即萼绿华，又称萼绿。萼绿华爱上一个叫羊权的人，每月六次降临羊权家，陪伴羊权。萼绿华太爱羊权了，她为羊权写诗，还送羊权许多礼物。比如火浣布手巾。什么是火浣布？一种用石棉纤维纺织而成的布，这种布不怕火烧。更奇妙的是，如果脏了，把它放在火中烧一烧，它会像普通布料在水里清洗过一样干净亮丽。萼绿华还送了羊权金手镯、玉手镯。

手镯是圆环形，送与爱人，便又多了一层柔情蜜意：我爱你，一愿你我之爱，如这绕腕之镯，永环永圆，爱无止境，无终结。再愿你我生活，岁月静好，如镯之圆，一生一世和谐圆满，吉祥平安。

大抵也正因此，在中国婚嫁习俗里，手镯向来都是重要的定情信物，甚至还有着"无镯不成婚"的说法。

元朝张翥有词云："阶前昼永。绕石芭蕉影。半辫云鬟慵不整。寂寞朝醒乍醒。湘裙翠被风流。背人无限娇羞。玉腕一双跳脱，欠伸浑是春愁。"

词中的佳人，昨夜醉了酒，今朝醒来仍是困惫难当。她不思梳妆，无心下楼，只是在闺房里伸懒腰、打哈欠。窗外芭蕉绿，阶前春日好，但最耐人琢磨的景色，无疑是她手腕上的那一双镯子。谁人送了镯子，却不陪伴左右，白白辜负了大好春光？

镯映美人眸，相思无穷尽。

一镯一念：心上人啊，请快快来我身边。我想和你虚度时光，一起消磨精致而苍老的宇宙，四季温润，流年优雅。直到我们白发苍苍，无法相互抚摸；直到我们身后长出薄薄的翅膀，忽然从这世界远走高飞。我爱你！

手镯，是的，守着。

龙香小柄琵琶弯，

切玉玲珑约指环。

试按花深深一曲，

海棠开后望郎还。

——（清）朱彝尊《鸳鸯湖棹歌之四十六》

情愿为你
——
受戒

《易经》有云："屯如邅如，乘马班如，匪寇婚媾。"大意是说：有人打马而来，来势汹汹，如狼似虎。他要做什么？拦之，阻之，他并不离去，一直策马盘桓。其实他并非匪寇，他是求婚者。

既是求婚，媒妁何在，纳彩可有？既是求婚，为何野蛮如匪？

这就要说说古时候的"抢婚"了。

远古时期，初是母系氏族社会，人们"只知其母，不知其父"。

后来，男子在社会生产中的地位日趋重要，开始占据主导地位。父系社会产生，婚姻也逐渐由男子"从妻居"演变为女子"从夫居"，即男娶女嫁。

凡是变革总难免会存在着尖锐的对立和激烈的斗争，于是便有了"抢婚"，或称"掠夺婚"。再后来，野蛮的掠夺演变成虚拟性的"抢婚"仪式，成为一种婚俗。

男子抢回女子，据说要在女子的身上挂一个环状物，其他人一看便知，这女子已有配偶，纵使心有爱慕也不得对其无礼。

一开始，那环状物较大，不美观，也不利于劳作，后来渐渐变小，小小的一个圆环戴在手指上，成为一种配饰，称为"约指"或"指环"。

这便是戒指的来源了。

也有说法是，古时君王若宠幸过哪个妃子，便为其戴上一枚银指环，妃子诞下子女后，君王再为其换上金指环。

另有史书记载说，佳丽入宫前，宫中女史为其发两枚指环，一金一银。金、银指环的佩戴是有讲究的。倘若金指环戴在左手，则寓意女子有了身孕，或来月事，或身体有其他不适，暂不能接受君王宠爱；若是佩戴银指环于右手，那么佳人如玉，芙蓉帐暖，待良宵。

照着这些个说法，或可见得，起初戒指并非是用于男女定情或订婚。

从哪年哪月起，戒指成为婚姻信物，无从查考。

唯一可知的是，东汉时，戒指已非宫廷女子所专有，民间男女开始将其作为定情信物，男女相赠传达爱意。

《晋书》记载："其俗娶妇，先以同心指环为聘礼。"可见在晋朝时，男女婚嫁，戒指已是聘礼之一。

及至隋唐，男女之间戒指传情更为盛行。不过那时人们多称戒指为"手记"或"指环"。

隋朝歌伎丁六娘有诗云："欲呈纤纤手，从郎索指环。"诗中女子率真可爱，面对木讷的情郎，她索性直言：既然爱我，那就送我一枚指环做信物吧。

从一些史料上看，"戒指"之称大概始于元朝前后。居"元曲四大家"之首的关汉卿，在其剧作《望江亭中秋切鲙》中就曾提到"戒指"："这个是金牌？衙内见爱我，与我打戒指儿罢了。"

关于戒指定情，有这样一段故事。

唐朝有个叫韦皋的人，他曾做过剑南西川节度使，还做过中书令。韦皋青年时借居友人家中，与友人家的歌女玉箫互生情愫，私订终身，几厢缠绵。为求取功名，韦皋不得不暂别玉箫，赴京赶考。临别时，韦皋送玉箫一枚白玉戒指，又许下盟誓：待到功成名就时，骑高头马，抬大花轿，十里红妆迎娶玉箫。

离别苦，相思愁，天各一方情悠悠，山盟虽在，独泛孤舟。

过了一个春，又度一个秋，一轮春秋又一轮春秋，七载呼啸而过，韦皋并未出现。

玉箫哀叹："韦家郎君，一别七年，是不来矣。"七年无音无信，他是不来了吧。

这个世界很大，大到一人一生能遇见千千万万人；这个世界又很小，小到山河壮阔星辰美妙但眉间心上只住得下一个人。玉箫心里只住了韦皋一人。她以为他会赴约而来，但春风几度，韦郎不知何处。或许韦郎早将誓约忘却。

相思苦煎熬，不如不相思。斩断相思情愁，可以有一千种方式，玉箫选择了最笨又傻的一种：绝食自尽。

韦皋送的那枚白玉戒指，随玉箫入土。

佳人香消玉殒后，韦皋却山水迢迢赴约来了。

此时的韦皋，是仕途得意人。可惜佳人已去，他的荣光，她无缘分享。悲兮痛兮奈若何？

人间岁月容易过，转眼又是多年。

这一年，韦皋生日，有一同僚送他一个歌女，名叫玉箫。更奇的是，此玉箫竟和彼玉箫眉目一模一样。奇妙之处远非于此，这歌女的左手中指上生有一个肉环，细看去，居然和韦皋当年留给情人玉箫的那枚白玉戒指相似。

奇哉怪也！

这是唐朝人范摅在其笔记小说集《云溪友议》中记载的故事。

宋代词人姜夔有词云："韦郎去也，怎忘得、玉环分付，第一是早早归来，怕红萼无人为主。"元杂剧家乔吉取材韦皋玉箫的故事写了个杂剧剧本《玉箫女两世姻缘》，又名《两世姻缘》，在民间流传甚广。

送心上人戒指，大抵亦有戒示之意。

我爱你，此爱天知地知我知，我也要你知悉，此为戒指示爱之一；我爱你，我要你知道，更要全世界知道我们相爱的事，这是戒指示爱之二。

爱意明示，当然好，更好的是，戴上戒指也就戴上了一份责任与担当。从此以后，拥爱自重，时时处处心中有戒。

心有戒，行有界。

戴上戒指，无论行之远近，亦无论置身于哪一片人潮人海，都请你记得，有个人在等，一望你早早归来，二望在外"非礼勿听，非礼勿视，非礼勿言，非礼勿动"。

天下万事，不以规矩不能成方圆，爱情婚姻也不例外。相爱简单，守爱不易。

爱有百味，并不全是甜蜜。若是爱到迷惘时，愿你我皆能守住初心，凡事包容，凡事相信。言有所戒，行有所止，知足，感恩，彼此珍惜。

如此，爱不止息，爱得恒久。

这应是尘世男女以戒指传情的意义。

中国古人称戒指为"约指"，约的岂止是一指？

所谓约指，"约"是盟约，送出戒指，接纳戒指，一送一接间一份盟誓也便立下。"指"是手指，也另有所指，所指万千皆归系于爱的责任与担当。

在西方习俗里，戒指戴在左手上。

有种说法是，人的心脏位于胸腔中部偏左下方，左手离心更近。在中国，戒指也多是戴在左手。不过也有人遵循"男左女右"的习俗，男人左手戴戒指，女人则戴在右手。

西方国家戴戒指又有讲究说，戒指若戴在左手食指，寓意渴望结婚；戴在中指，是在热恋中的意思；戴在无名指，则透露佩戴者已订婚或已结婚；若是戴在小指，此人可能有不婚的念头。

其实戒指戴在哪只手或哪根手指上，或许不必拘泥，怎样舒服就怎样戴。

就像送心上人戒指，倘若真挚相爱，金戒指、玉戒指或者银戒指、铜戒指，甚或草戒指皆可，材质有异，但珍贵的是那颗爱心。

得戒心喜，知戒心安，守戒致远。爱，从来都是有心人的宗教。

心中有戒，方得始终。

新月曲如眉，未有团圆意。

红豆不堪看，满眼相思泪。

终日劈桃瓤，仁儿在心里。

两朵隔墙花，早晚成连理。

——（五代）牛希济《生查子》

红
豆
与
汝

最
相
思

———

◗

那是一个很古老的传说，传说里有个少妇，其丈夫远
征，战死沙场。妇人悲痛，倚着门前的树日日夜夜泣哭。眼
中能有多少泪珠儿，怎经得起秋流到冬，春流到夏？当她泪
水流尽，眼底流出血来，血泪浇灌树根，树上结果，果红而
亮，其形如心。人们为这果儿取名：红豆。

红豆不堪看，满眼相思泪。

在干宝《搜神记》中，红豆另有来源——

战国时候，宋国最后一任国君宋康王，他有个舍人叫韩
凭。舍人，古代官职名，《周礼·地官》中记载，舍人掌理
王宫中用谷之政务，计其人数多寡、爵秩高下，以定禄食用

谷之多少。宋康王的舍人韩凭，其妻何氏容貌甚美。宋康王对何氏垂涎已久，有一天按捺不住歹意，将何氏抢了过来。强抢人妻，这还不够，宋康王又找了个罪名将韩凭囚禁起来，施以城旦苦刑。什么是城旦？白天站岗防敌寇，夜里卖力筑长城。

韩凭不堪苦辱，决意自我了断。寻死前，韩凭暗地里托人给妻子何氏送了一封信，信上写道：久雨不止，河大水深，太阳照见我的心。

这封信落到宋康王手中，他左看右看，上看下看，看不明白。有人为他解读："久雨不止，是说心中愁思不止；河大水深，指两个人因层层阻隔不能往来；太阳照见我的心，则为表白，心底深爱不变不移，且已有为爱赴死之意。"

没过多久，韩凭就自杀了。

韩凭走了，何氏也不想活了。奈何宋康王使人看守得紧，寻死无门。但何氏决心已定，于无门处凿新门，她使了个法子将自己的衣衫变得腐朽，就穿着这朽衣等待机会。有一天，宋康王带何氏一起登高观景，何氏突然跃下高台。侍从眼明手快，急忙去拉，却只抓到了何氏衣带。早已腐朽的衣带不堪拉扯，断掉，何氏坠亡。

何氏为宋康王留下遗书，希望宋康王能大发慈悲，将她的尸骨赐给韩凭，将二人合葬。

暴怒的宋康王怎肯成全他们？他愤然下令，在国都商丘寻一条最宽的路，分葬何氏和韩凭于大道两旁，令他们遥遥相望。

没什么能够阻挡两个决意要在一起的灵魂。韩凭和何氏之墓，各生出一棵树来，根在地下相交，枝枝叶叶在空中相覆相连。又有鸳鸯，雌雄各一，朝朝暮暮栖于枝干相连的两棵树上，交颈悲鸣。这场景颇似《孔雀东南飞》里的焦仲卿和刘兰芝，二人殉情后，墓旁的松柏梧桐"枝枝相覆盖，叶叶相交通"，树上有鸳鸯，"仰头相向鸣，夜夜达五更"。

宋国人经过韩凭和何氏的坟墓，在那枝叶相连的树下，往往会停下脚步，听鸳鸯悲鸣，心中哀戚不已。他们说那对鸳鸯是韩凭夫妇精魂所化，那枝枝相覆盖叶叶相交通的两棵树，他们称之为相思树。相思树结相思豆，年年五月开花，十月成熟。

相思豆即为红豆，又名相思子。

一粒红豆，相思几斗。

相爱的人互赠红豆，诉情意，说相思。哪对恋人开这先河？无从考究。如同谁也不知明月始于何时，何人初次见月。然而寄愁心于明月，望月怀远，却是世世代代常有的事。

据说，古时候，少男少女甚是喜欢用五色线串了红豆做成项链或手环，佩戴身上，以求心想事成。男女婚嫁之时，新娘腕或颈上，并非只佩玉或者珍珠，更会戴上一串鲜红的红豆手链或项链。红豆红，多吉庆，似门前屋内张贴的大红喜字，又似堂上明亮燃烧的红烛，更似新娘胭脂红颜。新郎新娘洞房花烛，一双鸳鸯红枕下，各放六粒许过美愿的红豆。他们说，枕着红豆入眠，可保佑新婚夫妻在后来长长岁月中百年好合、永结同心。

一寸一寸光阴，一层一层情爱，熬进红豆，煮成诗。平平仄仄，长长短短，一行一行，一阕一阕。最为多情的非王维莫属："红豆生南国，春来发几枝。愿君多采撷，此物最相思。"

王维的红豆诗，据说是为感慨一场红豆情事。

盛唐某年某月，王维路经虞山读书台。

读书台是南朝梁国昭明太子萧统读书处，昭明太子曾于此地编撰《昭明文选》。也是在这儿，昭明太子遇见了尼姑慧如。两个身份甚为特殊的人相爱了。但是，太子终要回朝，尼姑终要归庵。回都城南京前，情意绵绵的昭明太子向慧如承诺，他会回来，娶她入宫。慧如笑了，似饮尽一杯苦酒。纵使太子每一分情意皆诚诚恳恳，那又怎样？她信他，但她信不过残忍现实。此地一别，别时容易，再相见，天知道会在哪年哪月？可是她信他呀，他是光、是暖、是希望，她需要光、需要温暖，更需要在仓皇的心底存有一份希望。活着，人人皆需要希望，如行走沙漠的旅人盼着不远处有泓清泉。慧如送昭明太子两枚红豆，呢喃软语细细叮咛：红豆红，艳如血，似我心意，至死不渝。今付一双红豆与情郎，盼君早回转，莫使等候的人儿望眼欲穿度日如年，在相思中寂寞终老。

太子一去，再无音信。

慧如相思成疾，郁郁而终。

昭明太子再回山中已是多年后。非他有意负她，是他敌不过现实：太子娶尼姑，怎么得了？登天难，若想成全此桩婚事比登天还难。一晃多年，再回山中，山花依旧，佳人早已香消玉殒。对着孤坟，昭明太子肝肠寸断。她曾送他的红豆，他缓缓埋入土中，红豆最知他深宫夜夜数寒更思忆。之后没多久，昭明太子病逝，据说他哀思太盛。

时间从不为谁停歇，又换了几朝几代。王维路经此地，感慨昭明太子和慧如的爱情。那时正值春天，红豆枝叶蓬勃，再过不久，红豆将结满枝头。此物最相思，愿君多采撷。

又有一种说法是，王维诗中"愿君多采撷"其实为"愿君休采撷"。

红豆最相思，愿君休采撷。是呀，相思怎胜相守？相思无用，唯别而已。系一生心，负千行泪。人离分，红豆不采不要也罢。

最好的是，两颗心中种了爱情，偶有小别，一种相思，两处闲愁，及得团聚，情意越发深厚。那么愿用心内的那一整个宇宙换一颗红豆，尝尝那入骨相思，待到相聚之日，细细话相思，碾碎苦涩转为甜蜜。譬如藏一壶酒在远行人的心底，待到人从远方归来，有情人相对，开怀畅饮，酩酊大醉，醉后言语，句句说痴心，声声道相思，一句句一声声皆关乎眼前人。呵，曾经入骨相思，不过好在值得。

入骨相思，"入骨"二字其实来得有讲究。

唐朝贵族闺阁间流行一种玩物，那就是象牙骰子。取了象牙，截小段，又将小段象牙一剖为二，各自镂空，嵌入一枚红豆，再将剖开的象牙合二为一，一颗骰子就成了。骰子六面，每一面骰点皆是凿空的，一掷出去，六面皆红。后来，这种玩物流传民间，平民百姓哪能人人买得起贵重的象牙？有聪明人就将象牙换为兽骨、骨中嵌红豆。是以温庭筠诗云："玲珑骰子安红豆，入骨相思知不知？"一语双关，其中饱含旖旎缠绵意，教人销魂。

倘若仔细想，更觉得有趣了。骰子是赌具，其中放红豆，岂不是在说，百转千回的爱就像一场赌博呀。以爱下赌，或许到最后遭人辜负，输得一干二净；倘若不赌，却又心有不甘，唯恐辜负了人间万千温柔，负了自己一生柔情。

宁可人负我，不可我负己。

那就爱吧，赌吧，相思吧。我信你会来，所以我等。即使有泪水在前方等候，谁怕？曾经入骨相思，总胜过从未心动。

就让红豆红遍，就让相思成海。

鸦鬟春云軃，象梳秋月欹，鸾镜晓妆迟。

香渍青螺黛，盒开红水犀，钗点紫玻璃：

只等待风流画眉。

——（元）徐再思《梧叶儿》

一生为你——梳头绾发

那时，她还不是他的妻。

人山人海里不期而遇的两个人，相见欢，谈天说地乐悠悠。虽然只是初见，但他心中起了一个坚定的主意，要娶她为妻。她也觉得他好，所以他还没怎么使出追求的功夫，她便做了他的女友。

她要过生日了。这是他们在一起后，他为她过的第一个生日。送她什么礼物呢？

他记起来了，在他的老家，男女定亲那日，男子要陪女子去集市，置办新衣，买头绳买发卡，也不忘买一把梳子。送梳子是个什么讲究？他不甚了然。但既然是从老祖宗那儿传下来的习俗，想必藏着极好的祝福和极深的寓意。

依他的理解，送她梳子，只有一个简单又直接的期许：我愿一直在你左右，一直为你梳头，这是我对你的承诺，从青丝到白首。

选好梳子，他又请人在梳子上刻字。一面刻着：北固山前三面水，碧琼梳拥青螺髻。另一面刻着：斜插犀梳云半吐，檀板清歌，唱彻黄金缕。

收到他送的梳子，她甚是欢喜，一整天都簪在头发上。

他做什么，她都觉得好。如此爱重，令他倍感温暖，深情而充满力量。

后来，她做了他的妻。

他一直认为，能娶她为妻，是一种幸运，一种幸福，这也必将是他此生做得最正确又最成功的事。

后来，每每身边有为情侣送礼物犯愁者来请他给建议，他皆不紧不慢地送上两个字："梳子。"若追问缘由，他又不紧不慢地给出八个字，"结发同心，以梳为礼。"

梳子是个古老的物什。

在古代，梳子多为木制。桃木梳、枣木梳、黄杨木梳，方便取用的木材人们都可拿来制作梳子。

传说中，人间第一把梳子并非木质，是鱼刺梳。

黄帝有个妃子方雷氏，管理宫中数十名女子。那时人们生活随性自然，头发长出来，由它乱蓬蓬地长着。方雷氏认为不美。逢着重大节日，她会召集宫女们，用手指为她们将蓬发一一捋顺。可这样终究不是办法。有一次吃鱼，肉尽，鱼刺遍地，方雷氏随手捡起几根把玩，无意识地用鱼刺梳理乱发。令她惊喜的是，蓬乱的发不一会儿竟就梳得齐齐整整。方雷氏心下一动，捡了一把鱼刺分发给宫女，并传教使用法子。

这就是最古老的梳子了。

但以鱼刺为梳，不小心便刺了头皮，或一用力就断了。方雷氏想，用什么可以代替鱼刺呢？恰好有个木匠来见方雷氏，方雷氏请他依着鱼刺的样子做一把木质梳子。数日后，木匠带着梳子来了，方雷氏一看，大笑不已：梳子的梳齿个个有手指头粗，怎么梳头呢？

木匠拍拍脑袋，也笑了。又过几日，木匠拿了一把细齿梳子请方雷氏过目。这是一把竹制梳子。竹子比起木头，更易做出细齿。

就这样，人间有了梳子。

后来，随着社会发展，梳子的材质也变得多种多样。比如，富人会选用金、银、玉石、象牙或名贵木材制作梳子，老百姓则常用普通木梳、竹梳或牛、羊角制作的梳子。

梳子仅仅用来梳理头发吗？不，它还可以作为女子的发饰，是谓"插梳"。

插梳之风盛行于唐。唐朝妇女以梳高髻为美，绾发盘髻要用梳子，梳子用过随手插在发髻上作为发饰。王建有诗云："舞处春风吹落地，归来别赐一头梳。"元稹亦有诗云："满头行小梳，当面施圆靥。"陆游在《入蜀记》中也记载，蜀川女子梳"同心髻，高二尺，插银钗至六只，后插大象牙梳，如手大"。明清之后，插梳之习渐趋式微。

又不知从哪年哪月起，到了七夕之日，男女以梳为礼，互送。

七夕，传说中这一天牛郎织女鹊桥相会。仙侣云端见，凡尘男女也有另一番热闹。这天，幽居深闺的女子们可以自由出行。当然，这也是情人约会的好时间。见面有礼。送什么呢？最简单又不失深情的礼物，是梳子。

为何送梳子？古时男女皆长发，每日都离不开的一件物什便是梳子。古人又把头发称为青丝，谐音"情思"。梳子，青丝，朝朝暮暮亲近，如此，还有比梳子更适合做情侣定情信物的吗？

用着心上人送的梳子，仿佛心上人就在身旁，那般亲密地陪伴着。心似双丝网，中有千千结。倘若心有烦恼忧愁，愿也能一梳而光。

另外，梳子又美其名曰"木齿丹"，梳发有保健养生之功用。

南朝梁陶弘景《真诰》中记载："栉头理发，欲得过多，通流血气，散风湿也。"宋人陶谷在《清异录》中写道："修养家谓梳为木齿丹法，用奴婢细意者执梳理发，无数日，愈多愈神。"明朝谢肇淛《五杂俎》中也说："梳为木齿丹，每日清晨梳千下，则固发去风，容颜悦泽。"

送心上人梳子，送的是情思，送的也是健康祝福，愿心上人温润又康健，进退皆心安。

到了嫁娶那天，依着风俗，家人会为出阁的女子梳头，一边梳一边唱："一梳富贵不愁，二梳白发齐眉，三梳子孙满堂。"

豫剧《红菊》中有个唱段名为《十梳头》，又名《十祝福》，这样唱："正月里梅花开，出门见喜，梳一个一帆风顺大利大吉。二月里迎春花开，花开遍地，梳一个二龙戏珠上天梯。三月里桃花红，花红柳绿，梳一个三请诸葛三作揖。四月里牡丹喜迎富贵，梳一个四季发财常富裕。五月里石榴娇似少女，梳一个五子登科比高低。六月里莲花开并蒂，梳一个六六大顺连年有余。七月里海棠花露雨，梳一个七星高照庆七夕。八月里桂花香香飘万里，梳一个八仙过海显神奇。九月里菊花迎风立，梳一个九九重阳九九归一。十月里霜花更比花艳丽，梳一个十全十美好夫妻。千年修得百年好，愿你们：相敬如宾，夫唱妇随，白头到老，一心一意，夫妻恩爱，永远不分离。"

一娶一嫁一辈子，一生一世一双人。

往后的日子，他为她梳头画眉绾长发，她为他红袖添香夜读诗。

如此，欢喜，安好。

一把梳子，无限情意，无尽祝福。

记不得是在哪儿见着的几句诗："我带上一把木梳去看你，在年少轻狂的南风里，去那个有你的城市，梳理闲愁和微微的偏头疼。"

看，山迢迢，水迢迢，少年越山越水去见心上人。

南风入怀，少年心事如云。

他带着木梳，或许木梳上还刻有诗句："宝钗楼上妆梳晚，懒上秋千。闲拨沉烟，金缕衣宽睡髻偏。"去见她呀，和她在一起；和她在一起呀，管它窗外风雨，只想为她梳头绾发。

一把梳，两个人，一辈子。

梳一个永结同心，梳一个比翼双飞，梳一个喜乐康泰，梳一个富富贵贵。

往后余生，风雪是你，平淡是你；荣华是你，清贫是你；心底温柔是你，目光所至都是你。

往后余生，请多指教，请多关照。

可怜青铜镜，挂在白玉堂。
玉堂有美女，娇弄明月光。
罗袖拂金鹊，彩屏点红妆。
妆罢含情坐，春风桃李香。

——（唐）崔颢《杂诗》

铜镜无邪

百年心

有一年，大街小巷都在传唱一首歌，歌中有句词是这样的：铜镜映无邪，扎马尾，你若撒野，今生我把酒奉陪。

意境清澈爽朗，听得人心里轻快柔软。忆起少年许多事，十分珍惜眼前人。

关于铜镜，我倒还有桩旧事。

从前我家有面铜镜，父亲惯常收在他的桐木衣箱里，不太取出来给谁看。有一天，那是个日光如瀑、蝉声如织的午后，来了个收古董的中年人。父亲从箱底取出铜镜，给了古董商，换得一些钱。要开学了，钱用于给几个孩子交学费，剩余的另一些用来对付日常花销。我母亲大抵是舍不得铜镜的，为此数落了父亲好几日。事过多年，每每提及她还是惋惜不已。

铜镜从哪里来，我问过母亲，母亲从未说清。

莫非是父亲当年送给母亲的定情物？谁知道呢？我猜其间或许藏着些隐秘故事。

大人们的生活里，多的是欲言又止的事。

我长大后，曾有想过再寻寻那古董商，问问那面铜镜还在吗，可还能够赎回？但无处寻找，亦无从再问。有些东西，失去了就是失去了。

我们总会弄丢一些东西。在这个世界上，或许除了回忆，没什么是我们可以长长久久拥有的。即使是回忆，有时也不可靠。在时光的河流上，刻舟求剑，不过是讨一些聊胜于无的安慰。

童年故事我大多已忘却，铜镜映无邪，铜镜无踪迹。

铜镜拙朴，成像恍惚，却也曾深得人心。

在铜镜出现前，古人以水照面，是谓"鉴于水"。铜器发明后，人们又以铜盆盛水，鉴形照影。到了新石器晚期，铜镜出现了。及至战国时候，铜镜已然盛行。再后来，除了铜制的镜子，还有锡制、铅制的。今时今日，镜子种类更是五花八门。

揽镜照面，画眉梳妆。但为君故，良久沉吟。

铜镜成为爱情信物，始于何年何月，已不可考。

以铜镜为信物，他送她，或她赠予他，都是件浪漫的事。一面铜镜，似天上明月一轮，照着她，也照他。虽人在两处，但共此明月，生的是同一种相思，明晃晃的相思，甜蜜又惆怅的，寂寞又饱满的，忽晴忽雨的，来了不去、拂了还满的，浩浩荡荡无边无际的相思。

何以解相思，唯同归双宿。

铜镜多为圆形。简简单单的圆，却弥漫着神奇的韵味。明月是圆的，娇艳鲜花的轮廓大多也是圆的。花好，月圆，若相爱的人在一起，一个说一个笑，一个唱一个和，一个又一个日连着一个又一个夜，这也是一种圆。这才是梳妆台上的那面铜镜最欢喜照见的圆。

自汉代后，大多铜镜都有铭文，其铭文多为吉祥字句，如"家势富昌""宜子孙"或"大富贵""大吉祥"等，更有"长相思，毋相忘，常富贵，乐未央"这样情思滚烫的铭文。男女相送铜镜，以示两心相倾、两情相悦。

在婚嫁中，铜镜也常被用于聘礼，或者作为嫁妆。

有些地方，男婚女嫁大喜之日，请出铜镜，请出玉如意，新郎新娘对之行跪拜大礼。拜镜以求平安，拜如意求子女双全。

唐朝王建有诗云："嫁时明镜老犹在，黄金镂画双凤背。"又有诗云："重重摩擦嫁时镜，夫婿远行凭镜听。"

铜镜被多情人倾注了多少剪不断理还乱的情丝呀。冷的是铜，圆的是镜，照的是心，暖的是情。

我更偏爱"铜镜映无邪"这样的句子。

想她年华正好，芙蓉如面柳如眉，红唇一点桃花殷，青铜镜里一枝开，似羞似怯，千娇百媚。少年郎痴痴地望着，心如酒醉。那时年少，那时无邪，爱来得简单、直接、纯粹。多情儿女，不计较金，不计较银，满天下的繁华都可以不计较，只求和心上人结发为夫妻，朝暮相伴，日夜相随，恩爱两不疑。

古时又有"破镜重圆"之说。东汉《神异经》中记载："昔有夫妇相别，破镜各执其半。"宋朝类书《太平御览》也说："昔有夫妻将别，破镜各执半以为信。"

关于破镜重圆，有个故事是要讲的。

南北朝末期，政治混乱。南朝陈后主耽于声色犬马，疏于政务。杨坚攻占江南时，南朝陈很容易就沦陷了。国破家亡，陈后主及其皇族被掳北上，解往隋朝国都长安，陈后主之妹乐昌公主亦在其列。

这结局，乐昌公主的夫君徐德言早有预料。南陈将亡时，徐德言对妻子乐昌公主说："国破家亡时，你我想必无法相保。以你才色，日后或被遣入帝王贵人家。我若在战乱中死去，希望你莫将我忘却；倘若有幸逃生，我们也未必能够再见。尽管如此，你我还是要留个信物，以期重逢。"

他从梳妆台上取一铜镜，一破为二，一半留于乐昌公主处，另一半则藏入自己怀中。他说："到了长安，纵使入得贵人家，也期望你能年年正月十五日在闹市叫卖铜镜。我若幸存，会寻去长安，若见铜镜，自是明白你还在。"

乐昌公主解往长安后，被隋文帝赐与右丞相杨素为妾。时光移转，忽而一年，虽在丞相府享锦衣玉食，又得杨素宠爱，但乐昌公主难忘徐德言。正月十五，她嘱咐贴身仆人拿了半面铜镜沿街求售，索价昂贵，但若有人能拿来另一半与之拼合的铜镜，便分文不取相赠。

两个正月十五过去了，公主都未等得另半面铜镜出现。

他一定还在。她相信他就在这世界的某一个地方，正向她走来。

第三年正月十五，仆人又拿着半面铜镜闹市求售。有个男子愿意买去。仆人随男子归家取钱，男子报上姓名，徐德言，又详细说明事情的来龙去脉，取出另一半铜镜，合二为一。

可是徐德言从仆人那儿得知，乐昌公主如今贵为丞相之妾，竟一下子不知如何是好。要她放弃荣华富贵，随他贫贱生活？思虑再三，徐德言题诗一首："镜与人俱去，镜归人不归。无复嫦娥影，空留明月辉。"请仆人拿了铜镜和诗，转交乐昌公主。

乐昌公主得镜见诗，悲怆流泪，不思寝食。杨素来问缘故，乐昌悉数言明。

杨素虽武将出身，但铁骨柔情，深为乐昌公主的遭遇动容。他喜欢乐昌公主，这不假，也正因心中喜欢，他不忍看她日夜垂泪，默然憔悴。

杨素差人请来徐德言和乐昌公主相见，使离散的鸳鸯团圆。

设宴践行，杨素请乐昌公主作诗叙别。乐昌推辞不过，哽咽吟之："今日何迁次，新官对旧官。笑啼俱不敢，方信作人难。"

后来，徐德言偕乐昌公主归居江南，白首终老。

大团圆结局从来令人欢喜。

据说他们逝去时，陪葬品便是那面破了又圆的铜镜。

也有镜子破了无可重圆的，凤凰飞散，鸳鸯离乱。如此甚多。

他们一开始多恩爱，说不尽的蜜语甜言，道不完的山盟海誓，他们以为伟大的是爱情，后来才发现强悍的是命运，无情的是时光。一番曲曲折折后，她成了他床前的白月光，他化为她胸口的朱砂痣，一想就怅惘，一碰就疼痛。

然而究竟值得感谢，感谢天地，曾赐铜镜那样无邪地照映娇媚，在最美好的年华里，在辽阔高远的蓝天下，那个少年遇见那个少女。往后漫长时光，有大把回忆可以细细柔柔地啜饮，虽然仅仅只剩回忆，虽然一回回叹息或沉默，但是，好美。

一生有过那么一次无邪相爱，足够了。

只那一次。那般浓烈的爱，后来再也给不了谁，再也不会有。

今人所用镜子，多为玻璃制造，成像极清晰，足可明察秋毫。可是，能够明察秋毫的那还叫爱情吗？玻璃镜子易碎，一旦碎裂，无可收拾，如覆水。就像今时今日人们的爱情，保鲜期太短，爱来得快也去得快。

古时铜镜，看似拙笨，却自有一种坚固的美。就像那时候一个人去见另一个人，要骑一头小驴子，穿过树林、山脚下的驿道，悠悠晃晃，一路都是缓慢的幸福。又像那时候的风要吹向一朵花，总得等到春天，而那个时候的花也甚为固执，从不为时光嬗变，调整自己的花期。

我有一个朋友，其人和河流一样沉静从容，写毛笔字，搞篆刻，做木工，养花鸟鱼虫，他做的都是一些直起腰来就能望见青翠远山的事。有了心上人后，他特意拜了个师，去学做铜镜。他送给女友的第一份礼物，便是一面他亲手制作的铜镜。那铜镜上雕了几个字：铜镜映无邪，不负百年心。这浪漫，真是羡煞人，羡得人心痒。

红绶带，锦香囊。为表花前意，殷勤赠玉郎。

此时更役心肠，转添秋夜梦魂狂。

思艳质，想娇妆。愿早传金盏，同欢卧醉乡。

任人猜妒恶猜防，到头须使似鸳鸯。

——（唐）孙光宪《遐方怨》

　　《红楼梦》第十七回——大观园试才题对额。贾宝玉大
展才华，博得贾政喜欢。众小厮向宝玉讨赏，将宝玉身上
所佩之物尽行解去。林黛玉听说，走过来一瞧，果然一件
不存，就生气了："我给你的那个荷包也给他们了？你明儿
再想我的东西，可不能够了！"语毕，黛玉气呼呼地回房，
又将她给宝玉新做的另一个香囊拿起剪子就铰。宝玉见她生
气，赶忙跟着过来，又把衣领解了，从里面衣襟上将所系荷
包解下来，递与黛玉道："你瞧瞧，这是什么东西？我何从
把你的东西给人来着？"黛玉见他如此珍重，戴在里面，
可知是怕人拿去之意，因此自悔刚才言行莽撞，低着头一
言不发。

到了《红楼梦》第八十七回，黛玉剪破的那个香囊又出现了。那是清秋时节，又逢林鸟归山夕阳西坠，黛玉思及自己家运多艰孤凄飘零，不由得心思黯然。西风正凉，雪雁取了一包小毛衣裳抱来，让黛玉自拣一件披上御寒。打开毡包，只见内中夹着个绢包儿，"黛玉伸手拿起，打开看时，却是宝玉病时送来的旧绢子，自己题的诗，上面泪痕犹在。里头却包着那剪破了的香囊、扇袋并宝玉通灵玉上的穗子。"黛玉不看则已，看了时，忍不住簌簌泪下。

那香囊，岂止是香囊？是灼灼情意和夭夭芳心呀。多少眼泪欢笑，多少情感纠葛，以及那平凡亦深情但永不重来的岁月，尽在其中了。

黛玉送宝玉的香囊，是她亲手缝制。怎样缝，《红楼梦》中并未言及。

通常来说，取丝织物如绫罗绸缎等，缝成个袋儿，即香囊的囊体，囊体形状及大小全凭个人心思而定，常见的有心形、葫芦形、方胜形、石榴形等。香囊多有抽绳收口，便于往里填充香料。顶端有便于悬挂的丝绦，下端系有结出百结的丝线彩绦或珠宝流苏。

香囊上刺绣的图案，以花卉和动物为多。花卉多见牡丹、荷花、梅花、兰花等，动物多为双鱼、双蝶或龙凤、鸳鸯等。若将香囊作礼品赠人，根据所赠送对象的不同，可绣上具有相关情感寄托的图案。如送新婚夫妇，多绣喜鹊、梅花，寓意喜上眉梢；或绣果皮红艳、籽粒饱满的石榴，象征日子红火、多子多福。送孩子的香囊，图案多以憨态十足的娃娃为主体，周围环绕蝙蝠、桃子等，寓意此子天真可爱，一生多福多寿。如送老人，则常绣象征长寿的松鹤图；或以猫和蝴蝶戏牡丹组合图案，是为"耄耋童趣"，祝福老人健康长寿且生活有情趣。

在古代，香囊不仅是人们日常生活里的饰物，是熏香之具，还常被恋爱中的男女作为定情信物相送。倘若是作为定情物送给心上人，香囊上的图案就更为丰富了。有怎样的心思，尽可随心绣了去，绣花、绣鸟；绣山、绣海；绣万灵、绣星月，皆无不可。

香囊作为男女爱情信物，始于何年何月？有人考证说，先秦时期已是有了的。不过直言香囊是定情物的古诗，当首推东汉末年担任曹操丞相主簿的繁钦，其《定情诗》云："何以致叩叩？香囊系肘后。"用什么来表达我和你的赤诚之爱呢？将我亲手密密缝制的香囊系在你的肘后吧。

另一首提及香囊且传诵甚广的词作，是"苏门四学士"之一的秦观，其《满庭芳》云："山抹微云，天连衰草，画角声断谯门。暂停征棹，聊共引离尊。多少蓬莱旧事，空回首、烟霭纷纷。斜阳外，寒鸦万点，流水绕孤村。销魂。当此际，香囊暗解，罗带轻分。谩赢得、青楼薄幸名存。此去何时见也，襟袖上、空惹啼痕。伤情处，高城望断，灯火已黄昏。"

这首词是秦观的代表作之一，苏东坡尤其喜欢"山抹微云，天连衰草"句，索性称秦观为"山抹微云君"。不过据说苏东坡也曾拿此词打趣秦观："几日不见，你填词怎么越发像了柳永？"柳永词作多描写所谓"闺情狎情"，虽然"凡有井水处，皆能唱柳词"，却也遭人讥讽其"词格不高"。苏东坡笑秦观此词有柳词之风，是因"销魂。当此际，香囊暗解，罗带轻分"句。关于这一句的理解，可谓是见仁见智。有人读出了"解带脱衣，颠鸾倒凤，同谐鱼水之欢"的艳情；也有人说词意所云不过是男女离别不舍，解香囊、裁罗带相赠，所谓"销魂"是取了"黯然销魂者，惟别而已矣"意。

以香囊诉说男女感情的古诗词还有很多，如，"雌蝶雄蜂缀杏枝，此时此意妾心知。等闲绣在香囊上，寄与东风赠所思"。又如，"绣屏珠箔绮香囊。酒深歌拍缓，愁入翠眉长"。

香囊一旦入了诗、进了词，便是千种情绪万般思量。而在古代才子佳人小说中，香囊这个定情物更是频繁出现。

《晋书》记载，西晋开国元勋贾充有个属官叫韩寿，相貌英俊，举止潇洒，贾充的小女儿贾午对他心生爱慕。相国小姐崔莺莺和书生张生秘恋有使女红娘传书递简，这贾午爱恋韩寿，她的一个使女也充当了红娘的角色。韩寿强健敏捷，常常在夜半时分翻墙进入贾府和贾午幽会。当时西域有人向皇帝进贡了一种奇异香料，此香沾身后可以萦绕月余仍不消散。皇帝很喜欢，但并未独享，取了一些这贵重香料赐给他最赏识的大臣贾充。贾充爱女，又将这香料分了一些给女儿贾午。贾午爱韩寿，便亲手缝了一个香囊，填充香料，偷偷送给情郎韩寿。心上人送的香囊，韩寿自是要贴身佩戴。贾充何等机警，他召见韩寿时嗅到韩寿身上的奇香，也便猜出了韩寿和贾午暗中通情。与其大发雷霆棒打鸳鸯，不如顺水推舟成就良缘，于是贾充将女儿嫁给了韩寿。这便是"韩寿偷香"的典故，又被称为"韩寿分香"。

　　"韩寿偷香"与"相如窃玉""张敞画眉""沈约瘦腰"合称古代四大风流韵事。

　　明朝抱瓮老人在《今古奇观》中也写了一件和香囊有关的情事，即《张舜美灯宵得丽女》：东京汴梁，元宵夜，贵官公子张生拾得一红绡帕子，帕角系一个香囊。细看帕上，有字，"有情者拾得此帕，不可相忘。请待来年正月十五夜，于相蓝后门一会，车前有鸳鸯灯是也"。次年元宵夜，

"生复伺于旧处，俄有青盖旧车，迤逦而来，更无人从，车前挂双鸳鸯灯。生睹车中，乃一尼耳。车夫连称，'送师归院去。'生迟疑间，见尼转手而招生。生潜随之，至乾明寺，老尼迎门谓曰，'何归迟也？'尼入院，生随入小轩，轩中已张灯列宴。尼乃卸去道装，忽见绿鬟堆云，红裳映月。生女联坐，老尼侍旁。酒行之后，女曰，'愿见去年相约之媒。'生取香囊红绡，付女视之。女方笑曰，'京都往来人众，偏落君手，岂非天赐尔我姻缘耶？'"

这故事里，张生和佳人也是因香囊而成就姻缘。

《太平广记》中记载的故事更为传奇了。晋世王恭伯，字子升，会稽人，美姿容，善鼓琴。为东宫舍人，求假休吴。到阊门邮亭，望月鼓琴。俄有一女子，从一女，谓恭伯曰："妾平生爱琴，愿共抚之。"其姿质甚丽，恭伯留之宿，向晓而别。以锦褥香囊为诀，恭伯以玉簪赠行。俄而天晓，闻邻船有吴县令刘惠基亡女，灵前失锦褥主香囊。斯须，有官吏遍搜邻船，至恭伯船，获之，恭伯惧，因述其言："我亦赠其玉簪。"惠基令检，果于亡女头上获之。惠基乃恸哭，因呼恭伯以子婿之礼。其女名稚华，年十六而卒。

王恭伯望月鼓琴时所遇见的女子，竟是一鬼。

女鬼夜半来，天明去，去时以香囊赠予王恭伯，恭伯回以玉簪。人鬼之恋，有着超脱于凡世的情愫，但同样以香囊为媒，表达倾慕。

香囊虽小，暗香浮动，情思深沉。

小小香囊，在千百年的时光中，被无数次地从一只含情脉脉的手递到另一只含情的手中。那香囊上的千针万线藏着痴情人的万千心结，所有不能宣之于口的儿女情愫，都蕴含在那一针一线里。香囊内藏寸寸芳草香料，更有万般风情，缠绵缱绻，不离不弃，不消不散。

赠君香囊，愿君昼夜悬衣带、置枕畔，闻香思人，眉间心上，念念不忘。

最亲爱的人啊，浮世三千，吾爱有三，日、月与卿，日为朝，月为暮，卿为朝朝暮暮。

只愿君心似我心。

一生一世一双人。